JN281706

Notes to Myself

わたしの知らない
わたしへ

My struggle to become a person.

自分を生きるためのノート

Hugh Prather
ヒュー・プレイサー

中川吉晴
訳

日本教文社

カール・ロジャーズにささぐ

彼の書いた『ひとりの〝人間〟になることについて』は

わたしに、どこに目をむければよいかを教えてくれた

目次

二〇周年記念版への序文

一九六八年に、わたしはこの本を、かたちにしはじめました。そのときゲイルとわたしは、結婚してまだ四年目でした。わたしたちは、サンフランシスコと湾をへだてた大学町バークレーに住んでいましたが、それはちょうど、フラワーチルドレンと呼ばれたヒッピーたちが、サンフランシスコのヘイト・アシュベリー地区からバークレーのテレグラフ通り（訳註・カリフォルニア大学バークレー校の正門からのびる学生街）に移ってきて、自分たちの道を見失ったころでした。

人はみな「自分のしたいようにする」のを許されるべきだという彼らの理想、つまりおたがいを完全に受け入れるという理想は、たちまちのうちに崩れ去り、仲間うちの怒りに転じて、熾烈《しれつ》な分派争いにエスカレートしていました。その争いが近くの八番街にまで飛び火してきたとき、わたしたちはコロラドで牧場の仕事を引き受けることにしました。一九六九年の夏、チャーマの近くの山に入って、わたしはビーバーのつくったダムをとり払い、ゲイルは小屋をきれいにしました。わたしは空いた時間に、この原稿をしあげ、なんのあてもなく、それを出版社に送りはじめました。

わたしが物書きだった二年間に書いたもの——詩、短篇、ユーモア記事——はすべて、出版社から断られつづけてきました。ですから、原稿を送って数日もたたないうちにリアル・ピープル・プレス社から手紙が送られてきたときには、てっきり断りの返事だと思いました。どう考えても、それを読む時間があったとは思えなかったからです。あとでわかったのですが、その原稿を読み終えた夜遅くに、担当者はそのままポストまでいき、出版を引き受ける手紙を出していたのです。ジョン・スティーブンス（いまの名は、スティーブ・アンドレアス）は、わたしがこれまでに出会った担当者のなかでいちばん誠実な人でした。手紙のなかで、彼は開口一番「もっと大きな出版社から出せば、印税はもっといいでしょうが……」と書いています。

数年後のある日、彼は電話をかけてきて、「十分な支払いをしていないと思うので（実際には、印税率は一〇％以上もあったのですが）、印税率をあげて不足分を補いたい」と申しでてきました。この小さな出版社は、夫婦だけで営まれていて、それまでに心理学の本を三冊しか出版しておらず、営業マンもおらず、広告もださず、しかも東海岸には販路をもっていませんでした。にもかかわらず、この本は発売後数年のうちに、口コミで国中に知れわたり、ベストセラーになっていました。いまでは、この本はバンタム社から出ていて、外国語訳もたくさんあり、合計で数百万部売れています。それでも、わたしは、あのときこの国でこの本を引き受けてくれた出版社はリアル・ピープル・プレス社しかなかっただろうだと思っています。

いま出版後二〇年目をむかえ、ゲイルとわたしは『おたがいへのノート』（*Notes to Each Other*）という本を書きおえました。これらふたつの本を見くらべて、少なくともひとつ明らかな進展が見られ、勇気づけられました。それは、わたしたち著者もふくめ、みんなのこころ《ハート》のなかで「わが家へともどる道」が感じられるようになってきた、ということです。

子どもたちの大半は、親が犯すまちがいや、人生をより困難なものにする態度や生き方に気づきます。「こんなはずじゃないのに」というのは、子どもたちに共通した気持ちであり、わたしたち大人の多くも思いあたるはずです。

「幸せは幸せをよぶ」という英知をたずさえてこの世にやってきたのに、子どもたちは、とても正気とは思われない、つぎのような教えをたたきこまれます。たとえば（ただすばやく動くだけでは足らず）「もっと急ぎなさい」とせかされます。（ちょっと疲れているだけでは足らず）夜には「もううんざりだ」という気分にさせられます。（あやまりを直すだけでは足らず）あやまりに気づくと、「イライラする」ようにかりたてられます。（いやなら変えてゆけばいいだけなのに）「現状には不満をもちつづけなくてはいけない」と教えられます。そして子どもたちは、それらにじつに懸命《けんめい》に抵抗します。

このようなゆがみに気づいていくたびに、真理へとつうじる小さな窓が開かれ、わたしたちは真に生きはじめることができます。しかし、わたしたちがいくら努力してみても、その窓にはたくさんの汚れがつきます。幼い子どもたちは大人から認めてもらいたいので、そうした汚れを、いやおうなく身につけてしまいます。

人生とは、窓をきれいにしていく営みです。そしていつかは、かつて子どもの本能で感じとっていたことを、理解の光をもって見るようになります。成熟とは、純粋なこころ《ハート》に映るもの以外は、なにも求めないということです。

この本は、まだひとりの人間になっておらず、その生き方が試されてもいなかった、ある若者の日記です。当時のわたしは、いろいろな問題で悩んでいましたが、仕事の展望がもてず、性の表現の仕方がわからず、自分がダメな人間なのではないかと恐れ、とくにゲイルやほかの人たちとひとつになりたいという切迫した思いにかられていました。わたしは子ども時代に、世の中でうまくやってゆけるだけの力を身につけることができませんでした。結婚生活にもなじめず、友だちをほしがってばかりいて、自分のなかを飛びかう多くの声のうち、どれがいちばんのガイドになるのかわからず、深く迷っていました。

その時代を生きた多くの人たちと同じように、ゲイルとわたしは、バークレーという小さな世界だけでなく、もっと広い世界のなかで、自分たちにどんなことができるのかを理解しようとしました。そして自分たちを育てた古い世代のやり方をくりかえさないように努めてきました。しかし、自己を「実現する」ことにこだわっていると、自己中心的な傾向が強まることも、すぐにわかってきました。わたしたちが気づいたことを、もっと幅広い、人にやさしいものにしていくために、わたしたちは大きな努力をはらってきました。

ある意味で、この本が出たことでわたしたちの進むべき道もはっきりしました。というのも、この本が出たあと、アルコール依存や自殺傾向のある人たちが、少数ながらいつも、わたしたちに助けを求めてきたからです。やがて、わたしたちは人生の危機に対処するカウンセリングをフルタイムで行なうことになりました。はじめは、自殺願望のある人にくわえ、虐待された女性たちやレイプの被害者たちを相手にしていましたが、しだいに、わが子を亡くした悲しみに打ちひしがれた親たちを相手にするようになりました。そこで、そうした親たちのグループを始めたのですが、驚いたことに、わたしたちが助けになろうとしていた人たちから、毎週のように教えられることになったのです。この親たちがみせる真心やひたむきな誠実さにふれることで、わたしたちの人生で得てきたシンプルな教訓にも厚みと強さがましていきました。

人生の危機に対処するのを助ける、この仕事のなかで学んできたことは、『この世でいかに生き、しかも幸せでいるかについてのノート』(*Notes on How to Live in the World... and Still Be Happy*)という本のなかにまとめました。そしてわたしたちは、長い人生をともにすごせる関係をつくりだそうとしているカップルたちにかかわる仕事もはじめ、『カップルにおくる本』(*A Book for Couples*)を書きました。この本は、日記形式の『おたがいへのノート』をもとにしてつくられました。

本書『わたしの知らないわたしへ』(原題は『わたし自身へのノート *Notes to Myself*』)は、もともと一束の黄色い紙(わたしはそれを日記と呼んでいました)からはじまりました。その紙のうえで、わたしはものごとを整理し、自分の痛みや問題を書きとめ、真理をつかもうと、もがき苦しみました。その多くのくだりで、わたしは、こうではないか、ああではないかと考えをめぐらしていますが、自分に正直であろうと努めたおかげで、その考えが正しかったこともあります。このような理由で、今回の版では手直しや新たに書き足した部分が少しありますが、もとの形は変えていません。一節ごとに読みすすんでいくと、それを書いたときに考えていたことが、ほとんどすべて思いだせます。これはちょっと面白いことです。自分に正直になれず、自分のことを正しく述べていないところも思いだせるからです。とくにこのような不正直な点を、今回直してあります。

ゲイルと話をしたり、日記をとおしてものごとを考えるだけでなく、わたしはときどき二人の息子、六歳のジョーダンと一〇歳のジョンに話しかけます。いくら幼くても、人は「わが家へともどる道」を感じとっているという例がここにもあります。先週、六歳の子のほうを寝かせつけようとしていたとき、人生の厄介《やっかい》ごとをあらいざらい口にしながら、「ジョーダン、いったいどうしたら幸せに暮らせるのかな」と言いました。すると、すぐさま彼は「お父さんがいつも言ってることをやればいいじゃない」と答えたのです。

この本を書いて以来、わたしが実際にやろうとしてきたのは、ただ、ここに書いてある、おだやかなやり方を生きてみることだったように思います。このささやかな本が、あなた自身の生きる道で見いだされる真理と響きあうことを願っています。そして覚えておいてください――わたしも、あなたといっしょに歩んでいるのです。

ヒュー・プレイサー
一九八九年　五月
サンタクルーズ、カリフォルニア

わたしの知らないわたしへ——自分を生きるためのノート

もし、わたしが……
すばらしい未来など夢見ず
ただ、樹々《きぎ》の緑や家々をながめ
まわりに住む人たちとくつろぎ
空気の香りをかぎ
堅苦《かたくる》しい形式や、自分でつくりだした
「ねばならない」などは脇におき
屋根につたわる雨音に耳をすまし
そして妻を抱きしめていさえすれば
……いまからでも遅くない。

朝をむかえることなく
彼女が死んでしまうことだってある。
彼女とは四年間いっしょだった。
いま彼女がいなくなっても
文句を言える筋あいではない。
わたしは、一分たりとも
彼女にふさわしい人間ではなかった。
なのになぜか、彼女はいてくれた。

わたしのほうが
朝をむかえることなく
死んでしまうかもしれない。
わたしが逃げてはいけないのは
たったいま〝死ぬ〟ことだ。

わたしは受け入れなくてはならない――
死はだれにでも公平に訪れるものだし
「人生」を欲張るのは正しいことではない。
わたしは申しぶんなく生きてきた。
多くの人より、長く生きたし
大部分の人より、恵まれていた。
トニーは、二〇歳のときに死に
わたしは、三二年間、生きてきた。
もう一日くれ、とは言えない。
わたしが自分をつくりだしたのではない。
それは贈りものだ。
わたしが、わたしだということ――それは奇蹟《きせき》だ。
わたしには、この世にとどまる権利など
ただの一時間もありはしなかった。
一分すら生きられない人だっている。

なのに、わたしには三一年あった。

死ぬときを意識して選ぶ人は、ほとんどいない。
わたしは、いま、死を受け入れよう。
いま、この瞬間から
生きることを当然の「権利」として要求するのはやめよう。
彼女の人生にふみこむ「権利」も手放そう。

しかし、朝はきた。
わたしの手に、もう一日が与えられた。
耳をすまし、愛し、歩き、讃《たた》えるための一日。
もう一日、わたしはここにいる。

ここにいない人たちのことが頭をよぎる。

「ここにいる」とは、どういうことだろう。
「友だちがいる」というのは、どういうことなのか。
「服をきて」「食事をし」「働く」というのは、どういうことなのか。
「家に帰ってくる」というのは、どういうことなのだろう。
「生きている人」と「死んでいる人」は、いったい
どこがちがうのか。

ときどき、不思議に思うことがある。
「死者たち」のほうが
いま生きている多くの人より
「いま、ここに」存在し
くつろいでいるのではないだろうか。

＊

わたしが今日することは
なにかのためにではなく
ただ、そのことのためだけにやりたい。
目的地にたどりつくために
車を走らせたくはない。
クライマックスを味わうために
セックスをしたくはない。
「流行にのり遅れない」ために
なにかを学びたくはない。

自分を売りこむために
なにかをやりたくはない。
「いい人ね」と言われるために
いいことをしてあげたくはない。
お金をかせぐために

働きたくはない。
働くことのために
働きたい。

今日、わたしは
なにかのために生きたくはない。
ただ生きたいのだ。

わたしの祈り――
あるがままにあり
なすがままになす。

わたしがしたいこと
そして、やらなくてはいけないのは
自分とリズムを合わせることだ。
わたしが望んでいるのは
ただ、なすがままになし
やらなくてもよいものにまで
手を出さないことだ。
ただ、なすがままになす。
自分とペースを合わせ
ただ、あるがままにある。

わたしは、いつもあるがままだ。
いま、ここにあるのは、あるがままの自分だ。
自分のエネルギーを捧げるところは〝ここ〟しかない。
わたしの力は、いまの自分にあり
〝明日〟の自分にあるのではない。
わたしは
「あるべき」自分にではなく
いまの自分に合わせていこう。
自分自身とリズムを合わせてゆくには
自分と深くつながっていなくてはならない。
〝明日〟は、浅いところにある。
〝今日〟は、真理と同じほど、深い。

神は、その名を、モーセにあかした。
「わたしは在《あ》る。わたしは〝在る〟というものだ」

不安がわたしの人生にまとわりついて離れないのは
「あるべき自分」と「あるがままの自分」のあいだに
緊張があるからだ。

わたしの不安は
先行きを思いわずらうことから起こるのではない。
それを思いどおりにしてやろうと望むから起こるのだ。

自分は「こうあるべきだ」と思ったり
人は「こうあるべきだ」という期待をいだいていると
不安はやってくる。

不安というのは
この現実をどうにかしようとしても、できないと気づくとき
そこに生まれる緊張だ。

「あるがままにある」――このなかのどこに
不安があるだろう。

自分で思い定めたような人物になれそうにないと気づくとき
わたしは不安になる。
そして、人びとがいだいているにちがいない、わたしのイメージから
足を踏《ふ》みはずしそうになるとき
わたしは死ぬほどこわい。
その死ぬほどの恐怖によって、わたしは「わたし自身」から
切り離されそうになる。
そうなるのは、「わたし自身」というものが
まだよくわかっていないからだ。

*

わたしには「永久に」「名をのこす」ことなどできない。
このふたつの言葉は相容《あいい》れないものだ。
「永久に変わらない成果」という言葉には、矛盾がある。

ものごとの意味というのは
未来のなかにあるわけではない。
わたしの存在にしても、そうだ。
「最終的に」意味をもつようなものは、なにひとつない。
今日、意味のあったことが
明日になれば無意味になることもある。
意味は、時と場合におうじて変わる。
わたしにとっての意味は、いまここにある。
わたしの存在によって、今日、だれかがやすらぎを得ているなら
それで十分だ。
いま意味のあることをしていれば、それでいい。

＊

「いったい、自分はどんな人生を夢見ているのだろう」――

こんなことを考えるときには
ふだんの生活とはかけ離れたどこかに
生きてゆくための〝理由〟があると思っている。
いま、多くの人は自分の人生が
なにかすばらしい結末にむかっている、と信じている。
しかし、世界はひとつだけの方向にむかっているわけではないし
たぶんわたしたちも、ひとつだけの方向にすすんでいるのではない。
人生の出来事は「つみ重なっていく」、という思いこみがあるからこそ
過去の行ないは正当化され
未来にたいする計画が立てられる。
わたしが、車の運転や、行列して待つことや
他人の使い走りなどをしたくないと思うのは
自分には大切な運命があり、それを知っていると思っているからだ。
そんなとるに足らないことは、しょせんは時間の無駄であり
死ぬまでにやらねばならないことにくらべれば

なんの役にも立たない、というわけだ。

わたしにとっての生き方とは
どんな生き方ももたない、ということだ。
ただひとつ習慣をもつべきだとすれば
それは、どんな習慣ももたない、ということだ。
わたしが以前になにかをしたからといって
今日もそうしなくてはならない、というわけではない。

自分を見失わないようにするか
いつも同じ行動をとりつづけるか
——そのどちらもいっしょにやることはできない。

*

「時間を引き伸ばす」ための秘訣《ひけつ》は
くつろぐ、ということだ。
時間の本質は〝変化〟だ。
だから、変化に合わせて生きてゆくと
時計で測れば同じ長さの時間でも
よりたくさんの時間を手にすることができる。
型にはまった生き方をしていると
時間はよけいに少なくなる。
変化にとぼしくなるからだ。
原理原則や、きまりきったことにふりまわされなくなると
人生を引き伸ばすことができる。

＊

自分の悩みをだれかに打ち明けるのは

必要な変化から逃げていることにほかならない。

告白をしてしまえば
必要な変化を起こすための責任を引き受けなくてすむからだ。

「白状すると、もうお手あげなんだ」

こうして、その荷物は、ほかのだれかが背負わされることになる。

「お話ししたとおりですよ。あなたなら、どうしますか？」

自分がやったこと、そしてその動機に、深く内面で気づくことで
わたしは変わってゆけるかもしれない。
しかし、打ち明け話をし
面とむかって
やさしくゆるしの言葉でもかけられようものなら
問題がやっかいになるだけでなく
相手のほうも、わたしの問題にからめとられ
身動きがとれなくなってしまう。

*

どうして、わたしは
この一日の値打ちを
今日は、どのくらい「やった」か、ということで
計ろうとするのだろう。

絨毯《じゅうたん》のうえに寝ころがり
ただ毛玉を集めることが楽しめるようになれれば
もはや野心などいだかないだろう。

この猫は、わたしの腕のなかで
すやすやとねむっている。
いまこれ以上に、なにが必要だというのだろう。

この本を書いたあと
友だちの何人かに話をした。
ていねいだが、あたりさわりのない返事がかえってきた。
その後、本が出版されるはこびになったと告げた。
「君のことを誇りにおもうよ」と、ほとんどの人が言ってくれた。
誇りとされるのは
結果だけで
わたしの行為そのものではなかった。

わたしを除くと
ほかの人たちはみんな
わたしのしたことを、後からふりかえって見るしかない。
彼らに見えるのは
結果にあらわれたわたしの活動だけだ。

だが、わたしはいま行動しなくてはならない。
結果のことなど、わからないまま。
だから、わたしにとって自分の行動の意味は
ただ、可能性としてあるにすぎない。
「ぼくは、いま結果のことはさておき
これをやってみたいんだ」――
本当の意味は、いつもここからしか生まれない。

わたしは、実験室のなかで暮らしているのではない。
自分の行ないがどんな結果をもたらすかを予知できるような
絶対確実な方法など、なにひとつない。
結果のために人生をおくるというのは
はてしなくつづく欲求不満の刑を自分に課すようなものだ。
そして、いまにも死がやってきて
これまでの人生が無駄になってしまうのでは、という恐怖に

さいなまれつづけることになる。
わたしが確実にむくわれるのは
ただ行ないのなかだけであり
そこから生まれる結果においてではない。
わたしのとりくみが深いところから起こり
その活動が自分の中心から生まれているとき
報酬は、すばらしいものになる。

結果が予測できない以上
どんな努力も
失敗するときまっているわけではない。
しかも、失敗したときでさえ
あらかじめ想像していたようなことにはならないだろう。
「どうなるか見てみるのも、おもしろいじゃないか」——
これは、未来の結果を心配するよりも

ずっと現実的な態度だ。
舞いあがったり、落ちこんだり、イライラしたりするのは
わかりもしない結果を
あらかじめ予想しているからだ。

わたしが、ある結果にむかってすすんでいるときも
そこにいたるまでのあいだは
そのプロセスのなかにある。

虹のほうが美しい――
虹の果てるところに隠されているという黄金の壺《つぼ》よりも。
なぜなら虹は、いま空に立ちのぼっているからだ。
そして、実際の黄金の壺は
頭のなかに思い描いたものとは
いつも似ても似つかぬものだ。

*

わたしのなかには
なにかを書きたがっている自分がいる。
なにかの理論をつくりだしたい自分がいる。
彫刻をしたがっている自分がいる。
人に教えたがっている自分がいる……。
自分をひとつの役割に押しこんだり
これが天職だと決めつけると
わたしの多くの部分が死んでしまう。

キャリアは、あとから、おのずとついてくる。
わたしにできるのは
今日一日をやすらかに迎えることだ。

わたしにできるのは
いまの一歩をふみだすことだ。
くりかえしを恐れず
新しい試みをこわがらないことだ。

*

わたしは人に言う――

「いつもこうしてるんだ」

「絶対、そんなふうにはやらないよ」

まるでそんな、面白味のない一貫性にもとづいて
〝自分〟というものがあるかのようだ。


「今度からは、そうしよう……」

「いまから、こうしよう……」

――しかし、いったいどうして
明日の自分より、今日の自分のほうが賢いと言えるのだろうか。

*

退屈や不満は、けっこう役に立つ。
それがあるときには
なにかほかに、もっとやりたいことがある、ということだ。
退屈には自由を呼びこむ力がある。なぜなら
新しい選択肢や考え方に目を開かさせてくれるからだ。
たとえば、自分のいまやっていることを少し変えてみるだけで
それまでやってきたことの退屈さかげんもわかるかもしれない。

一日中、自分の深い気持ちに耳をすまし
自分のしていることが

はたして本当に望んだものなのかどうか
静かに見ていくようになるにつれて
その日の終わりに
時間を無駄にしたと感じることは、へってくる。
おそらく「無駄」というのは
ひとつひとつの行ないにはまったく関係なく
そんなことをして「つまらないことをした」と
思うことから起こるものだろう。

最近わかってきたのだが、ときどきわたしは
自分がその日してきたことを、頭のなかですばやく見まわして
どれくらい前進できたかを計ろうとする。
それは、ごく自然に起こり
ほとんど無意識的なものなので
もともと自分にそなわっているもののようにみえる。

自分のしていることが、進歩をもたらしていないようだと
いささか気が滅《め》入《い》り、やる気がなくなって
むしゃくしゃした気持ちになる。
やけになって、なにもかもぶちこわしたい気分になる。
そして、なにもかもが本当に
無駄だったような気がするのだ。
だから、どんな方向にむかっていようと
どこにもむかっていないよりは、まだましに思える。
しかし、それは本当にすすむべき道ではない。

＊

ちょっとした落ちこみでも
それを深く見つめれば
自分がどんな選択をしているのか、気づく訓練になる。

自分が創造的な心のはたらきから離れて
創造的でないものへとむかい
いまあるものから、もうすんだことへと注意をそらし
建設的なことから、破壊的なことへと
道を切り変えていたことがわかる。
そのときの気分によって自分がどんな道を選んでいるかを
意識できるようになると
それに引きずりこまれなくなる。

*

人生をふりかえってみると
わたしがいつも、いちばん強く感じていたのは
いま以上の何者かになりたいということだ——
退屈でつまらないものに、いつまでもかかわりあっていたくなかったし

自分の幅を広げたかった。
もっと感じたかったし、もっと学びたかったし
もっと表現したかった。
成長し、向上し
純粋になり、大きくなりたいと望んでいた。
こんな衝動がこみあげてくるのは
自分のやりたいことや、なりたいものや、手に入れたいものが
目の前にぶらさがっているからだ、と思っていた。
そしてわたしは、人生のあまりにも多くをついやして
それを見つけだそうとした。
しかしいまでは、わかっている――
わたしの内なるエネルギーが求めているのは
なにか特定の仲間や、職業や、宗教以上のものであり
快楽や、権力や、大義名分以上のものなのだ。
そのエネルギーは

わたしがもっと本当の自分になりきることを求めているのだ。
しかも、うれしいことに、そうした本当の自分を
解き放とうとしているのだ。

*

過去は、すでになく
未来は、まだ訪れていない。
だから、わたしの願望は
この現在に関係しているはずだ。
たとえば「あと一〇キロやせたい」と願うのは
いまの自分のからだと、自分の理想とする姿がくいちがっているからだ。
願望は未来にだけ関係していると思っているなら
いまある不満は自分でつくりだしている、という事実が
見えなくなる。

さらにまずいことに、思いどおりの未来を実現しようとして
不必要な決まりごとをつくりだしかねない。

わたしの願望は
こうなりたい、と思っている自分のイメージから
きていることが多い。
たとえば「予知能力によって真実をつかんでみたい」
という願望をもっていたとして
これは、はたして今日、本当にやってみたいことなのだろうか。
もしそうなら、いったいなにをするというのか。
願望の中身がどうであれ
問題は、それがわたしにいまなにをさせようとしているかだ。
酒を飲むんだ
妻のゲイルから離れていろ
仕事を早めに切りあげろ……。

そうして実際に起こってくるものを見れば
自分が本当はなにを望んでいたかがわかる。

*

完全主義というのは、おだやかな死にほかならない。
完全なモデルや理想は、過去にもとづいてつくられる。
すべてが、望みどおりに、計画していたとおりにしか起こらないとしたら
わたしは、なにも新しいものにめぐりあわない。
わたしの人生は、陳腐《ちんぷ》な成功を、はてしなくくりかえすだけになる。
だが、まちがいをおかすとき
わたしは、思いもよらぬことを体験できるのだ。

まちがいをおかすとき
それを、自分への裏切りのように感じることがある。

まちがいを恐れているのは
「自分は完璧で、油断さえしなければ、天国から転《ころ》げ落ちる心配はない」と
どこかで思っているからだ。
しかし、まちがいがあるからこそ
いまの自分のやり方がわかり
無意識のうちにいだいていた期待が、その根底からゆすぶられ
自分が事実に面と向かいあっていなかったことに気づかされるのだ。
自分のまちがいに耳をすますことで
わたしは成長してきた。

自分のやり方がまちがっているとわかっていても
わたしには、それを同じようにつづけたがる傾向がある。
しかも、それを正当化するような口実をさがしはじめる。
だれも、わたしを納得させて、それをやめさせることなどできないし
自分にだって、とうていそんなまねはできない。

罪悪感に気をゆるせば
それにのみこまれてしまう。
それは正義の旗印《はたじるし》をかかげて
わたしを不毛の地に突き落とし
わたしの無力さを痛感させる。
罪悪感に耳を傾けてみると
それはいつも声を大にして、話しかけてくる。
そして、あらゆることについて嘆《なげ》いている。
しかしただひとつ
まちがいを実際に正す方法については
なにも語ってくれないのだ。

*

「これは、自分にとっていいことだろう」と見越《みこ》して
なにかをやるとき
わたしは、きまって散々《さんざん》な目にあう。

*

「まだ先がどれくらいあるか」ということより
「どれくらい歩んできたか」を見ることで
やる気がわいてくる。

*

生き方がようやく身についてきたと思ったとたん
人生は移り変わり
わたしは、ふりだしにもどってくる。

ものごとの移り変わりがはげしいほど
わたしはずっとそのままだ。
皮肉なことに、わたしの人生はいつも
少しは成長したかと思うと、逆もどりしているかのようだ。
自分のことを進歩したと感じるのは
「ものごとは変わらなくとも
わたしのほうが、いくらか力をつけたのだ」という幻想を
いだくからにすぎない。
「目的にいたる」ための手段など、ありはしない。
あるのは、手段だけだ。
このわたしも手段にほかならない。
わたしは、最初のわたしのままであり
すべてが終わるときも、このままだ。

*

一方に、相手をののしり、争う「わたし」があり
一方に、やさしくウィンクし、やすらぎにみちた「わたし」がある。
もしそうなら、いったい、いろんな自分のなかから
ひとつの自分を選ぶことなど、できるものだろうか？

*

ひらめきがわいたり、ものごとをうまくやって
ハイになっている人と話をすることがある。
そんなとき、その人にとって
人生は、おそらくまったく問題のないものに見えているのだろう。
しかし、そのすました表情や、おだやかな口ぶりがほのめかすような
平穏で問題のない人生を
みんながみんな順調におくっているとは、とうてい信じられない。

同じ日は一日たりともないのだから
みんなの人生も、きっと
未解決の問題や、あやふやな勝利や敗北が入りまじったものだと思う。
はっきりと心のやすまるときなど、ほとんどないだろう。
わたしがこの混沌《こんとん》とした状態をのりこえられる日は
けっしてやってこないだろう。

今日一日、悪戦苦闘するのは価値のあることだ。
しかし、それはあくまでも悪戦苦闘であって
果てしなくつづいていくようにみえる。
その報酬は、どこか別のところにあるにちがいない。
たとえば、まったく思いもかけず、こころに歓《よろこ》びがもどってくるとき
そのなかに見つかるのかもしれない。

おそらく、わたしたちがおかす最大の罪とは
毎日、自分の〝ふつう〟らしさを、たがいに見せつけあうことだろう。

いろんな人と数えきれないほど話をしてきて
彼らがわたしにいだかせる印象は
「自分には問題なんかないんだ」というものだ。
不平不満を口にする人たちでさえ
自分たちは犠牲者なのだと言う。
自分も問題の当事者なのだとは、少しもほのめかさない。
正しいのは、彼らで
わるいのは、まわりなのだ。

「あいつのことは気にしないほうがいい。彼には問題があるんだ」——
こんな言い方には
個人のかかえる問題に、みんながみせる態度があらわれている。
問題をかかえるというのは
その人に、なにか変わった——
ふつうの人ならさけられる弱点がある

という意味なのだ。
毎日なんども〝ふつう〟らしさという見せかけにふれていると
自分もついつい
そんなふつうの生活をおくっていい人間なのだ、と思いこむようになる。
そして、現状に不満をつのらせ
自分が苦しい目にあうのは、不公平なことのように思えてくる。
問題をかかえるのは、なにか不自然なことのように思えるので
わたしもまた、問題などどこにもないようなふりをしてしまう。

*

わたしは、その場しのぎの結論から別の結論へと
わたり歩いているだけだ。
そしていつも、そのときどきの結論が最終的なものだと思っている。
ただひとつ確かなのは

自分が混乱している、ということだ。

*

これまでわたしは
なんてばからしいほど多くのエネルギーを無駄にして
ものごとの「本当の姿」をつかもうとしてきたことか。
しかしそれはいつも、きまって見当ちがいだった。

いまこうしてベッドのなかで、眠りにつくこともできず
今日の午後のことについて、あれこれと解釈をめぐらしているが
あのとき、あの場でひらめいたのよりも深い、本当の解釈など
あるのだろうか。

人間の人生が相対的であるように

絶対的なものなど、なにひとつない。
こころ《ハート》がやわらかなものであるように
規則的なものなど、なにひとつない。

*

わたしにとって、考えることは
自己防衛のメカニズムになってしまうことがある。
考えをめぐらすことで
深い気づきが生まれるのをさけ
まわりの状況から目をふさごうとしているのだ。
とくにこれは、人と接しているときに起こりやすく
わたしは頭だけの人間になっている。

*

わたしの問題は
人生を分析ばかりしていて
それを生きていない、ということだ。

理屈は、あくまで理屈であり
現実そのものではない。
理屈にできることといえば
かつて自分の現実の一部になってしまっていた考えに
あとから気づかせてくれることぐらいだ。
あることを述べたり
「事実」に訴えたりするのは
ものごとの一面を強調しているにすぎず
しょせんは、ひとつのものの見方にすぎない。
いちばんまずいのは

その視野が狭いところだ。
「名前」をつけるというのも、一面的な見方にすぎない。
あるひとつの現実について語るときには、いつも
ほかの多くの面を省《はぶ》かないといけないが
省かれたものも真実なのだ。
たとえ、あらゆることを語りえたとしても
それで、現実そのものをとらえたことにはならない。
ただ、言葉をとらえたにすぎない。
実際、わたしがいま目にしているものも
それについて語っていくあいだにすら、どんどん変化してゆく。

名前や、事実や、理屈が窮屈に感じられたり
現実のほうがどんどん先にすすんでいくのに
自分の視野を広げつづけられないなら
わたしのなかで、なにかがいのちを失いはじめる。

視野を広げるとは
ものごとを枠《わく》にはめずに見ることであり
動きを止めようとするのでなく
動きの止まったところから、出ていくということだ。

この現実を支えるためには、自分がなんとかしなくていけないんだ
という思いに、わたしはいつもかり立てられる。
ビルとリアが、いまここにいる。
ただ、会話が流れていくままでいいのだ。
むりに話をすすめたり
なにかの話題にこだわるのはよそう。
くつろいで
現実のなりゆきにまかせよう。

なにかを追いもとめているとき

わたしは自分の視界をせばめ
ほかの道を見ないようにしている。
しかし、なにかを握りしめていると
未知のものから、なにも受けとることができない。
その存在が目に入ってくるまで
わたしにとっては、なにも存在していないことになる。
いろんな感情が自分のなかでわきおこってくるのは
どうしようもないことだが
それらを正直に認めてゆけば
満たされぬ思いにさいなまれつづけることもない。
そして不思議なことに、気づきを深めてゆけば
宇宙は、わたしの心配などよそに動きつづけていることがわかる。

*

雄弁《ゆうべん》さは
ときに情緒に訴え
ときに圧倒的である。
しかし、そこに愛がなく
その言葉が、聞く人の耳だけでなく
こころ《ハート》をも包みこむものでないならば
人を鼓舞するものではあっても
癒すものにはならない。

真心のない人は
愛よりも
言葉のほうを信じる。

＊

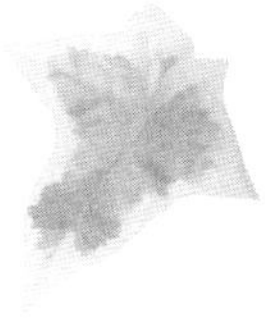

自分の殻《から》にとじこもっている人には
客観的な考えというものが信じられない。

*

「自分自身とうまく調和している」――
この言葉を掘りおこしていくと
魂の奥底にたどりつく。
さらにその下まで降りていくと
目もくらむようなことにでくわす。
それは、たんなる平等性なんかでは汲《く》みつくせない
「わたしはあなたであり、あなたはわたしである」という
言葉にならない体験だ。

*

わたしは、ほかの誰よりも賢くないことを知っている。
こう思っているぶんだけ
すこしは賢くなれるだろうか？

*

わたしの経済状態がいくらよくなろうと
手のとどかないものはいつも残っている。
稼《かせ》ぎがふえるごとに
手のとどく範囲も広がっていくが
いつまでたっても、まだ足りないと感じている。
手に入れたいものや、やりたいことに
あとどれくらいお金がかかるか、わかっているし
稼ぎが、そこまでいけば

きっと幸せになれると信じているが
しかし、収入がふえたら、ふえたで
不満もつのっていく。
なぜなら、新しくふくらんだ収入を手にすると
まだ手に入れていないものが一式見えてくるからだ。
幸せは将来手にするものではなく
現在の心のもちようにかかっている、ということを
受け入れるときまで
このイタチごっこは終わらないだろう。

幸せであることに「理由」などいらない。
自分がいまどれくらい幸せかを確かめるために
未来のことを引きあいにだしてくる必要はない。

*

「あなたは幸運ですね。
もっとひどいことになっていたかもしれないのに」――
そんなほめ言葉なんか聞きたくもない。
もっと大きな幸運が舞いこんでいたかもしれないし
はじめから、こうなるしかなかったのかもしれないのだから。

*

かつて、「自分らしくある」とは
ただ感じるままに行動することだ、とばかり思っていた。
「自分はこの人に、いまなにを言いたいんだろうか？」
こんなことを思うとき
その答えは、しばしば、驚くほどいやなものだった。
いつもはじめに気づいたのは、このいやな感情だった。

たぶん、それが社会的にはまずいものだったので、最初に気づいたのだろう。
それらを表に出してしまうことを恐れていたから、わかったのかもしれないが
しかし、さらに自分に問いつづけていくと
その下には、もっとよい感情がひそんでいた。
——ただしそれを見つけるには、たっぷり時間をかけて
深く見てゆかなくてはならなかった。
「自分らしく」あろうとすればするほど
わたしには、いろいろな「自分」が見えてきた。
いま現在はこう理解している——
自分自身でいるというのは
自分のなかで、いまどのレベルの感情に応《こた》えていくのかを
意識的に選びとり
それと同時に、いまなにを感じていようと
それにとらわれることなく
自分と、まわりの人びとにいつも注意をむけておく、ということだ。

自分のなかにある思いに注意をむけていれば
思いのほうが感情よりも基本にあるので
まわりの状況によって気分が左右されることもない。
しかし逆に不注意にしていると
「思いのなかに自分を見失う」ことになりかねない。

*

自分に正直になろうとしはじめたころ
わたしは、自分のきらいな部分に
つかまったような感じがしていた。
感情のとりこになったようで
それを変えることもできず
また、たとえ変えられたとしても
変えるべきではないと思っていた。

自分のきらいな
わがままで、臆病《おくびょう》で、残酷な感情を見てしまい
それでも、自分を生きるためには
それらを表に出さなければならないと思っていた。
しかし、わたしは見落としていた――
感情を表現するというのは
自分ひとりだけの問題ではなく
相手にどう向きあうかという問題なのだ。
いやな感情を表現したくないというのも、やはりひとつの感情であり
わたしの一部にほかならない。
もしその気持ちのほうが大きなウェイトを占めているのなら
いやな感情を表現しないことで
わたしは自分に正直になれるのだ。

どんな感情も変化していく。

ただし、それは別の感情にしか変わらない。
わたしは、いつもなにかを感じている。
幾度《いくど》となく、わたしは
果てしなくつづく単調な生活にそまってしまった。
そのたびに
どんな感情に支配されようとも、その状態よりはましに思えた。
そこでわかった――
まわりの状況を操作すれば
(仕事をやめたり、パートナーを変えたり、組織に反抗すれば)
ドラマチックな感情の変化をつくりだすことができ
怒ったり、のぼせあがったり、悲しんだり、興奮したりできるのだ。
しかしそれでも、わたしは外の世界をつうじて
自分の心《マインド》に変化を起こしているだけで
受け身の存在であることに変わりはない。

*

自分がどこから出発すべきなのかわからないのに
どうやって最初の一歩をふみだすことなどできるだろうか。
わたしは、いまある自分の
あるがままの生活からはじめなくてはならない。
いまのわたしは、文無《もんな》しで、ゲイルに養われ
中身のない心理学から足を洗い
すこし太りぎみで
もの書きなんて「まっとうな仕事」ではないという理由で
妻の家族からも、わたしの家族からも勘当《かんどう》状態で
バークレーの物騒《ぶっそう》な地域のど真ん中にある、騒がしいアパートに住んでいる。
これが、わたしのいまの生活だ。
このまま、なにかを待ちつづけるか
それとも、いまいるところからはじめるか。

*

事実を変えようとして闘うな。
それととりくむのだ。
自分を見捨てるな。
もっと自分になりきるのだ。

*

わたしのなかには、いつも
原則やルールをたてにとって、他人を傷つけたがる自分がいる。
そいつは、もっともらしい理由を並べたてて
相手を傷つけ、「自《じ》業《ごう》自《じ》得《とく》だよ」と言う。
わたしのこの部分は、じつは臆病者なのだ――

そいつは「正しいこと」を隠れみのにしているので
自分では、相手を傷つけたいという気持ちを見なくてもすむのだ。

相手を傷つけたくないという気持ちに気づくまえに
傷つけてやりたいという気持ちがあることに気づかなくてはならない。
あやまちのほとんどは
気づき《アウエアネス》を深めることで正すことができる。
ただしそれは、きまって心地よいものではない。

人はたいてい
自分のいちばんの弱点を、いちばんの強みだと勘違《かんちが》いしている。
人は、なにかにつけ他人のことを責めるが
かたちこそちがえ、それは自分だってどこかでやっていることだ。
このパターンは
自分がそれを完全に意識できるようになるまでつづく。

自分の無神経さや、非難がましいところや
正直でない点や、怒りに目をむけることで
わたしが、さらにいやな奴になるわけではない。
なぜなら、そのいやらしさは、もとから存在していたものだからだ。

他人がおかすあやまちはなんでも
自分もやってしまう可能性があることを感じとれないかぎり
わたしも、同じ衝動にかり立てられるだろう。
自分にもそういう衝動があることを認めたうえで
その気持ちを行動に移さないように意識していれば
わたしは、その可能性から解放される。
——実際それを手放したところで、べつに大したことではない。

*

ときどき、ペットのムースウッドを傷つけたり
脅《おど》したりしたくなってしまう。
彼女がいじけていると
よけいに、そうしたくなる。
こうした気持ちをごまかさず
さらに、自分がムースウッドにたいしていだいている
いろんな思いに正直になれるとき
わたしは、彼女が喜ぶように
思いっきり、やんちゃに遊んでやれる。

はじめは身を固くしていても、
やがて、その目もとがゆるんでくる。
まるで魔法の杖《つえ》をひとふりしたかのようだ。
ほんの寸前、彼女は、けられる相手でしかなかったが
いまはわたしの大切な犬だ。

しっかり自分の感情をもっていて
それをわたしはまもってやりたい。

一方、傷つけてやりたいという衝動に目をふさぎ
やさしくふるまったりしようとすれば
その衝動はますますふくらんでいく。
自分の感情を無視すると
そんな感情をもった自分を責めることになる。
そして自分のなかの拒絶された部分は
さらに手におえなくなって、やり返してくる。

どんな感情が起こってきても、恐れることはない。
人を殺したいような気持ちになったとしても
それで、わたしが殺人者になるわけではない。
しかし、自分の暗い感情を否定するなら

深刻な結果をまねきかねない。
まだ片づいていない感情の存在を認めないとき
わたしはそれを思いどおりに表現できなくなってしまう。
ある感情を後ろめたく思ったり
それにいらだったりするときには
かえって心にわだかまりをふやしてしまう。
しかし、どんな状態にあろうと
わたしはいつでも自由に、静けさとやすらぎの源にふれることができる。
そうするたびに、かすかだが、とても深い変化が自分のなかに起こってくる。
わたしは落ちこんでいるが、やすらいでいる。
恐れているが、やすらいでいる。
怒っているが、やすらいでいる。
以前は、わたしの気分に、ほかの人まで巻きこんでいたが
いまでは、まわりがそれに毒されないようにできる。

*

愛が、わたしたちの中心にあるのなら
その愛を、どんなみじめな気持ちにも
わかち与えることができる。

*

今宵《こよい》、小さな男の子がわたしの膝元《ひざもと》にやってきて
おねだりするように、わたしを見あげた。
わたしは固まったようになり、困ってしまった。
そのとき自分がどう感じるべきかで頭がいっぱいだったので
本当はどう感じていたかを見るゆとりがなかった。
相手に与えられる以上のものが自分に求められているなどと
心配する必要はなかったのだ。

ただ、自分のなかをのぞきこむことさえできていれば
そこに愛があることがわかったはずなのに。

*

問題なのは
わたしたちが闇を恐れているということではなく
光のあたる場所を見つけようとしても無駄だと思っていることだ。

*

妻が病気になると
わたしはまず腹を立て
かんしゃくを起こし
最後には、なにも感じなくなる。

腹を立てるのは
彼女は、わたしにできないことを要求し
（わたしは何でもテキパキできるほうではない）
大切な時間をとりあげ
やっかいな問題をつくりだしてくれた、としか思えないからだ。
そして、かんしゃくを起こすのは
「人が病気だからといって、腹を立てちゃいけない」
と思いこんでいるからだ。
そして最後に、なげやりになり
感情をすべて押し殺してしまう。
もしその途中で
心《マインド》のなかの動きをとめ、よく見つめれば
こんな愛のない反応は、うわべだけのもので
もっと深いところでは
このお決まりのパターンに、はまってはいないことがわかる。

しかし、この静かで、おだやかな自分から離れないようにするのは
やさしいことではない。
その深い自分がはっきりと見えてくるまえに
ことさら同情をみせようとすれば
それはたちまち見失われる。

*

自分を責めるというのは、なかなか興味ぶかい現象だ。
そのとき、自分がなにか重要なことを
やっているような幻想をもつ。
しかし、はじめはそう見えても
それは自己改革のようなものではない。
自分のまちがいをすっかり認めてしまえずに
ある地点で立ちどまっているにすぎない。

ゆるしとは、すすんで一歩をふみだすということだ。
罪悪感とは、あるところにこだわって
身動きできないということだ。

自分の欠点を受け入れられないのなら
きっと
自分の美点というのも疑わしいものだ。

わたしのからだも感情も
もともと、わたしに与えられたものだ。
恐れたり、不安になったり、恨《うら》みをいだいたりすることで
自分を責めたてるのは
自分の足のサイズに腹を立てるのと同じで
まったく意味のないことだ。

いろんな感情が起こってくるのは、わたしの責任ではないが
その感情にどうとりくむかは、わたしの責任だ。

ちょっとまえに思ったことで気分をわるくするのは
一〇年前に思っていたことで自分を責めるのと同じくらい
無用なことだ。
オーケー、あれは、さっきまで思っていたこと——
これは、いま思っていること。

*

「そんなふうに感じるなんて、へんだよ」——
しかし、わたしの感情はけっして
頭にすぐ思いうかぶような理由から起こっているわけではない。
自分のからだでなにを感じるべきかなんて、わかるはずがない。

なぜなら、自分の感情のもとになる過去の経験や現在の影響を
すべて見わたすことなど、とうていできないからだ。
からだは、それなりの理由があって、このように感じているのであり
あらゆる点を考えに入れたとしても（そんなことはできるはずもないが）
やはり、そう感じるしかないのだ。

自分の感情に罪悪感をいだく根拠すらわからないのだから
どうしてわたしに、あなたの感情を非難する資格などあるだろうか。

「自分が感じたことで、自分を責めてはいけない」

（責められて当然なものでも？）

「くよくよすることはない」

（でも、くよくよしてしまうんだ）

自分の感じるように感じるしかないのだ。

*

わたしには、二通りの感情がある。
ひとつは、過去にしばられていて
まわりの世界を同じままにしておこうとする。
もうひとつは、たったいま生まれてくるもので
予想もつかないものだ。
思いは感情よりもまえに生まれるものだが
それは、めったに意識にまでのぼってこないので
そのあと出てくる感情が手がかりとなって
自分の心《マインド》の動きがわかってくる。
過去に起こった思いは、それぞれどこにむかって流れてゆくかわからない。
それにつづいて起こる感情も、同じようにどこに流れてゆくかわからない。
だから、たったひとつの思いや見方にしがみつくのは、まちがっている。
そうすれば、たちまち

相手の言うことや、することで、傷つくことになるからだ。
自分の感情を相手からまもろうとするとき
じつは自分の心のわずかな部分をまもっているにすぎない。

*

さっき、どこかへ行こうと誘われた。
わたしは
「だめなんだ。家にいないといけないんだ。ゲイルが病気なんだよ」と答えた。
だが明らかにわたしは、自分からそういう行動を選びとったのではない。
このつぎは、もっと自分に正直になって
わたしがそうしたいからそうするのだ、と言ってみたい。

自分がこうしたい、という気持ちをごまかすために
「こうすべきだ」と思うことがよくある。

もし、そうしなくては「ならない」ということなら
それをやりたいという下心があっても、それを認めなくていいし
そんな下心をもつにいたった動機を見る必要もなくなる。

*

利己的になるな、と自分に命じても
それは自分の一面にしかとどかない。
たしかに、わたしは
自分のことで頭がいっぱいになった状態や
思いやりのない状態がどんなものかを、よく知っている。
また、相手の気持ちをもてあそびたいという下心が
自分のなかに根深くあることにも気づいている。
自分のなかのある部分がやりたがっていることを、いつもやっているという意味では
だれもが利己的なのだ。

気前よくするのも、ケチケチするのと同じで
それによって得るものがあるからだ。
利己的というのは、それ自体が、いいことでも、わるいことでもない。
その善し悪しは、わたしたちが利己的になる、そのなり方にかかっている――
つまり、それが人を豊かにしているのか、害を与えているのか、ということだ。

*

人と話をしている最中に、つい嘘をついてしまって
冷や汗をかくことがある。
それは、自分にとってまずいと感じられる部分
つつみ隠さず受け入れなくてはならない部分があるということだ。
ときどき、口をついて出た嘘をその場で訂正してみると
予想に反して、わたしを軽蔑《けいべつ》する人は
ほとんどいない。

また、自分のやったことの結果がどうなりそうか見えかけてくると
ちがったかたちの嘘が出はじめる。
その結果をどう説明しようかと、あれこれ考えはじめるのだ。
その空想は知らないあいだにふくらんでいき
実際より万事うまくはこんだかのように、わたしを納得させようとする。
——そして、自分でも、なかばそのとおりだと思いこんで
結局は、嘘をつくことになる。
こうした思いこみに気づくようになれば
わたしはなんとかして、このパターンに陥《おちい》らないようにできるだろう——
本当に正直になりたいという気持ちがあれば
実際になにが起こり、なんと言うべきかも
はっきりしてくるだろう。
しかし、ただそれだけのことにも
しばしば、相当の努力をはらいつづけなくてはならない。
だがそうしていれば、たいていは本当のことを話したくなってくるし

かりに、話したくなくても
自分を裏切ったような感じにはならない。

嘘をつくというのは、わざとニセモノの印象を伝えることだ。
これは、一見正しい言葉によってなされる。
わたしに必要なのは、自分のずるさを映しだす言葉ではなく
本心を映しだす言葉なのだが。

*

たったいま起こったことを、あれこれ想像してみるとき
自分は「どう感じているか」よりも
「どう感じたいのか」のほうが強くあらわれる。
たとえば目の前に、こわそうな男があらわれると
わたしはきっと、自分を強い男のように想像したがることだろう。

――だが本当は、彼には勝てっこないと感じているのだ。
本当の自分を知りたい？
そうとも、本当は、彼のことがこわいんだ。

＊

自分の想像にどんな値打ちがあるのか、よく見ていくと
そのくだらなさに、あきれてしまう。
落ちつきのない心は、つぎからつぎにとるに足らないことを思いつき
「いま」という時から逃げ
おまけに、愛からも逃げているのだ。
それを解決するには、自分の心をつくり変えようとするのではなく
それを深刻に受けとめすぎるのをやめることだ。
心《マインド》というのは、どこにでもあるメロドラマのようなものだ。
声を張りあげたり、うちのめされたり

ごまかしたり、恐怖にあえいだり
怒りにふるえたり、屁理屈《へりくつ》をこねまわしたりする。
その被害を最小にするには
それをわざわざ言葉に出してしまわないことだ。

肉体的であれ、社会的であれ、経済的であれ
なにかを恐れているとき
その恐怖の命ずるままになるか、そこから逃げだそうとするか
そのどちらかひとつを選ぶ必要はない。
恐怖は、わたしを望ましい方向に導いてくれる知性ではないし
そこから逃げだしたくなるような罪の意識でもない。
それは、ひどくかき乱された思考であり
その対象となったものによって引き起こされる思考だ。
だから静かにしていれば、それは過ぎ去っていく。
ただしこれは

恐怖にみちた思考そのものを静めなくてはならない、という意味ではない。
静けさにみちた思考へと、心の焦点を移していくということだ。

心は、自分の目がとどく範囲ならどこまでも広がっていく。
どのくらい大きな容《い》れものがあれば、恐怖を放りこむことができるのだろうか
からだのなかのどこに、恐怖はひそんでいるのだろうか――
そんなことをイメージしてみるのは、けっこう役に立つ。
そうすれば、動揺した心を静けさのなかに引き入れ
とるに足りない小さなことを
もっと大きなもののなかへ放りこんでしまえるからだ。

恐怖があると、それがじゃまになって
自分の直観に耳を傾けられなくなる。

不安、恐怖、パニック

これらは、肉体的ではなく精神的な逃避だ——
心の片隅に、なにか自分の見たくない考えやイメージがひそんでいるのだ。
恐怖の根っこには、「それを見ないほうが安全だ」という思いこみがある。
子どもが、自分をめがけて飛んでくるボールに目をつむるようなものだ。
気づき《アウェアネス》は、心を解放する第一歩だ。
わたしは、恐怖に耳を傾けるだけでなく
それをくわしく調べて
それがほのめかしている「答え」をさがさなくてはならない。
恐怖は、悪夢と同じで
いったんその正体を見やぶってしまえば
その無意味さのあまり、消え去ってしまう。

*

愛に根ざした感情がひとつもなく

反対に、相手と自分を切り離すような感情――
嫉妬、失望、恐怖、怒り、不満、無気力、強欲《ごうよく》――のなかでしか
わたしたちが生きられないとしても
まちがいなく、ある状況のもとでは、そんな感情も役に立つ。
車を運転するときは、無気力に陥っているより、恐れをいだいているほうがいい。
犬から子どもをまもるには、失望よりも、怒りをいだいているほうがいい。
そしておそらく、自分を少しばかりの不安でつつんでいたほうが
冷淡でいるよりも、相手を傷つけなくてすむだろう。
しかしどんな感情でも、深いこころにとどいていないものには
その場かぎりの価値しかない。
たとえば、恐怖をおぼえると、あわてて行動に走ってしまい
こころの奥にある深い感情にまで達することができない。
いま食べているものがきらいなものなら
一気にのみこんでしまいたくなる。
相手を不愉快にさせるのを恐れていれば

つい早口になってしまう。
そんなふうに無自覚にふるまうとき
わたしは自分をいやな人間に感じてしまう。

わたしは、相手が期待していることに鈍感でいたくはないが
それに支配されたくもない。
しかし、わざと期待に反することをやったからといって
彼らの期待にしばられていることに変わりはない。

車を運転しているときも、子どもの世話をしているときも
食事をしているときも、着替えているときも、おしゃべりをしているときも
自分と相手の感情を、ともに大切にしていたい。

*

わたしがほかの人にとって、いちばん役に立てるのは
いま、自分にとっていちばん役に立つことをする、ということだ。

昔の智恵に「与えることは受け取ること」というのがあるが
これはふつうの解釈では
まずはじめは、こちらから相手に与える、という意味だ。
しかし、愛はあらゆる方向にそのぬくもりを伝えるものであり
もし与えることが受け取ることなら
受け取ることもまた与えることなのだ。
問題は、与えてあげられるものは「なにか」ということだ。

*

わたしに関心があるのは
自分の手でなにを行ない、言葉でなにを語るかということより
自分のこころ《ハート》でなにをなすか、ということだ。
わたしは、外側からではなく、自分の内側から生きていたい。

*

言葉のほとんどは
外の世界の個々バラバラな現実をあらわすものとして生まれてきた。
だから、わたしたちの内側の、やわらかな現実を描きだすには
ふさわしいものではない。

*

なにかをやりたいというのは、ひとつの欲望であり
頭のなかで行なう作文ではない。
しかし、やりたいことを「決める」とき
わたしは自分の欲望を、頭のなかで作文して言葉におきかえ
その言葉にしたがって行動する。

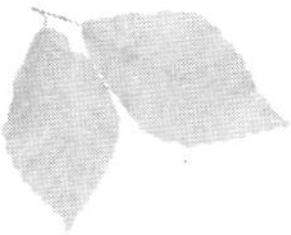

このとき、わたしは欲望を自分のこころの内からとりだし
自我《エゴ》のなかに移しかえているのだ。
「自分はどうすればいいのだろう」と思うとき
いつもながらの答えが頭にうかんでくる。
そのとき過去から響いてくる声は、「いつもと同じようにしろ」と言うだけで
こころがどこにむかっているかを、うまく語れる言葉などないのだ、という事実は
すっかり無視されている。

*

人びとの長年の習慣のなかで
人生のさまざまな場面にたいする感情のかたちがきまってきた。
たとえば、仕事の山を見ると、圧倒された気分になる。
夫や妻が浮気をすると、嫉妬にかられる。
車をとめようとしている場所に、だれかが割りこんでくると、頭にくる。

誘われなければ、裏切られたように感じる。
しかし習慣的なかたち以外にも、わたしたちが
いまどのように感じる「べき」かを指図《さしず》してくるものは、いくらもある。
親から学びとった習慣的な反応があり
その場の雰囲気というものがあり
その場にいあわせた人たちの態度があり
子どものころ身についた伝統的な宗教や倫理がある。
だから、同じ刺激にたいしても
わたしたちがとる反応は、そのつどまったくちがったものになりえるし
実際、そうなっている。

いまどう感じる「べき」かには、いろいろな「べき」があり
それらのあいだで葛藤《かっとう》が起こって、不安が生まれる。
この不安こそ、わたしが一日の大半感じていることだ。
いつも変わらないのは、こころ《ハート》の内なる静けさだけであり

それは、どうすべきかを命ずるようなことはせず
ただ、どのように見ればいいかを教えてくれる。

＊

わたしがいまこの状況で
いったいどうしたいかを、はっきりさせたいのなら
自分が目の前の相手をどう見ているかということと
みんなが彼について話すこととのあいだには
ちがいがあるということを、しっかりわきまえておくとよい。
わたしには、ルディに悪気《わるぎ》があるようには見えない。
では、どう見えているのか？
ここで、いま実際に見えている彼と、自分が以前みんなに話した彼とのあいだで
つじつまを合わせようとすると、またやっかいなことになる。
わたしは前からいだいていたイメージにこだわることもできるが

自分にすなおになって、いまの気持ちを正直に話すこともできる。

＊

自分のことを
「おまえは……」と見るのではなく
「わたしは……」と考え
第三者の目から自分に話しかけるのをやめるなら
わたしがいちばん深いところで感じているものに、じかにふれられる。
第三者としての自分は、いつも他人の目を気にしているので
わたしがどうあるかよりも
どう見えるかを優先してしまう。

＊

分析するのは、非難するのと同じことだ。
「なんで、そんなことをやりたいんだ」と自分を問いただすとき
その問いかけには、非難の声がまじっている。
自分にはふさわしくない動機だと判断を下していたものを
ここでまた、ほじくりだそうとしているのだ。
そんなふうに自分の動機をあとから非難したりしていると
だんだん自分の心が信じられなくなり
しまいには自分の願望を投げだしてしまうことになる。
逆に、自分の願望を受け入れ
それが本当にむかっている方向を、ただ知ろうとするのが
もっと健康なやり方だ。
願望の善し悪しを判断しようとするのではなく
ただ願望そのものの姿をはっきりさせてゆくのだ。

*

自分が決めることのほとんど、というか、そのすべては
頭のなかで、あれこれ作文して言葉にするまでもなく
もっと深いところで、すでに決心のついているものだ。
だから、考えをあれこれとすすめたあとで決定にいたるのは
なんともよけいな回り道のようにみえる。

「なにをやってみたいのか」とわざわざ自分に問うのは
自分がすでにくだした無意識の決定にたいして
一抹《いちまつ》の不安があるからかもしれない。

しかし、「本当はなにがしたいのか」とか「本当はどう感じているのか」
という問いかけは、これとはまったく別のものである。
わたしにはいつもさまざまな思いや感情がうずまいているが
自分の中心にあるものこそ、本当に求めているものなのだ――
これらの問いは、そういう面にふみこんでいる。
そんな中心にあるものがわかりさえすれば

なにをすればいいかも、はっきりとし
おのずと、そうしてゆくことだろう。

*

わたしが怒りを感じているなら
どうしたいのかなど、自分に聞くまでもない。
なぜなら、その怒りのなかで、もう決心はついていて
相手に、「すまなかった」と思わせたいのだ。
しかし、わたしのいちばん深いところで愛を感じていれば
相手を傷つけないようにしよう、という決心がついている。
だから問題は、なにをやるべきかでなく
いま、自分のなかのどこに目がむいているかだ。

自分のやりたいことを見つけるのに

一歩ふみだして、なにかをやってみるしかないようなときがある。
いったんはじめてみれば
自分の気持ちもはっきりしてくる。
しかし、これだけは確かだ——
もし恐怖や憎しみから行動を起こせば
それは混乱した結果をまねくものとなる。

自分自身であるということは
自分の身を危険にさらし
危険を承知で、新しい行動を起こし
新しい考え方や、あり方を試してみるということだ。
そんなふうにしてみることで
自分と手をとりあって歩んでゆく感じが
だんだんつかめてくる。

ものを書きたいと思っても
実際に書くことがともなわないなら
本当は書きたくないのだ。

冷蔵庫のまえに立ってみて
お腹《なか》がすいているだろうか、と思うようなら
お腹はすいていないのだ。

だれかが、あなたにたずねる——
「○○をやってみたくないですか」。
すると、わたしの脳裏《のうり》には、ひとつのイメージが浮かびあがってくる。
それを眺《なが》めると、面白そうだったり、つまらなさそうだったりする。
そしてわたしは、「ええ」とか「いいえ」と答えてしまう。
しかしこのイメージは、実際の出来事を予知したものではない。
それは、過去のいろいろな経験からつくられたものであり

実際に起こる出来事とは、大なり小なりちがっているはずだ。

*

どんな未来がベストなのかを知る手だてはない。
なぜなら、わたしのくだす決断がおよぼす影響を
すべて予見することなど不可能だし
また、どんなかたちで影響がおよぶのかもわからない。
ぜったいに確信のもてる未来を思い描いても
そんなふうにならないことだけは確かだ。
しかし、これがベストだろうと自分で信じているものは
いつでもわかる。
なぜなら、その信念は、過去や未来ではなく、いま手元にあるからだ。
したがって、やるべきことは
「自分のゆく末まで見通す」ことではなく

ただ、わたしが自分のなかでなにを最優先しているのか
見つけだすことだ。

*

人生のなかで、肌で感じとれるものなのに
それをうまく言いあてる言葉がなくて、困ることがある。
ほかの人に聞いても、そういう体験はあるらしく
なかには、わたしよりも強烈にそれを体験している人がいる。
その体験というのは
「いまだ！」という、あの感じだ。
「どうしてまだやってないのか」と聞かれるたびに浮かんでくるのは
この「いまだ！」が来ていない、ということだ。
宇宙飛行士が受ける「発進準備完了」の合図が、これにかなり近い。
——ただし彼らは少なくとも、その合図がどこから来ているかを知っている。

わたしの直観が
その場にふさわしい、自然で正しいふるまいを告げてくるときには
――その声を聴きとれるほど、心が静かになっていたらの話だが――
未来の状況にも目がとどいているのだろう。
わたしのなかに「さあ、これをするんだ」という声がとどいたとしても
その本当の意味がわかるのは、ずっと先になってからだ。
しかもその「意味」は、あらゆるものに
わたしのなじみやすいかたちで潜んでいるわけではなく
たえず気づき《アウェアネス》を深めていくなかで
必要で、ためになる教訓として与えられてくる。

自分の直観に耳をすますというのは
気づきとまるごとひとつになり
すっかり自分の体験になりきる、ということだ。

これは、ふつう意識にのぼってくる知覚とはちがう。
完全な気づきは
理性ではとらえられない静かな方向感覚と、ひとつになっていく。

なにかが心にひっかかっていると
わたしは、気づきをなくした断片としてふるまい
気づきをもった全体ではなくなる。
完全な気づきよりも、意識的な知覚のほうを大切にしているなら
この現実の全体に響いているリズムを聴きとれなくなってしまう。

静けさは、全体を呼びさます。
恐れは、部分にとらわれている。
直観は、目先の関心事をこえ
すべてがそこへかえりつく静けさを見つめている。

＊

よく言われることで
わたしたちはみんな最終的には、ひとりだ。
この考えが強く訴えかけてくるのは
誕生や死のような、人生の始まりや終わりのときのことを
言っているからではない。
むしろ、ひとりでいるこの瞬間にこそ
わたしたちは真実で、本物の現実にふれられるからだ。
「神」という言葉が、わたしにとって意味をもちはじめるのは
わたしがひとりのときだ。
ひとりではなく、だれかと一緒だと
現実の生々しさは伝わってこない。
相手と議論しているとき、神はわたしにとって意味のある存在ではない。
宗教が知性によって手に入るものだとは思えない。

それをめぐって話をしていないときにだけ
わたしは信じることができる。

食べ物や休息が必要なように
わたしには、ひとりになることが必要だ。
食べたり、休んだりするのと同じように
ひとりになることが、自分の必要とするときに得られるなら
いちばんの癒しになる。
きちんとスケジュールを立てて、ひとりになる時間をこしらえたとしても
それでは、なんにもならない。

「ひとりになる」というのは、へんな言い方なのかもしれない。
わたしにとって、ひとりであるとは
「ともにある」ことを意味している――
わたしと自然がともにあり

わたしと存在がともにある。
わたし自身が、ほかのすべてと、ふたたびひとつになる。
ひとりのとき
わたしのバラバラな心はひとつに結ばれ
怒りや恐怖で引き裂かれていた自分がひとつになる。
こうして、小さなことは小さなこととして
大きなことは大きなこととして
ありのままに見えるようになってくる。

＊

わたしが、いわゆる「宗教的」な人間だったころ
自分の直観にだけたよって、やっていこうとして
しばしば、とても混乱した結果に陥ったものだ。
それで、ようやくわかったのだが

直観がいいと思えるときには
それにたよればいいのだし
瞑想がよさそうなら、それをすればよいし
考えてみるのが自然なら、そうすればいいのだ。
つねに直観にたよるのがいちばんだと、論理的に導きだしたから
そうしなくてはいけないと思いこむのは
じつにおかしな矛盾だ。

心の道具は、あやまって使われることはあるが
心じたいは、あやまった道具をもっているわけではない。

先週から、わたしはずっと、あるゲームをしている。
五分後、いや二分後に、自分がなにをしているのかを
予言してみせようというのだ。
しかし、精一杯やってみても、当たりより、はずれのほうが多く

当たったときも、じつにいいかげんで
まぐれ当たりのようにしか思えなかった。
また自分の予想と、実際に起こる体験とのあいだに
大きな開きがあることにも驚いた。
わたしにできる予想は
これからとるであろう行動の種類を、ぼんやり描きだすことくらいで
実際の体験には、そのときの気分や、思考や、からだの感じ方や
そのとき目にとまった細かな知覚などが入りまじっていて
そのどれをとっても、以前に経験したものと、そっくり同じというわけではなかった。
すぐにやってくる未来であろうとも
未来とはまったく予測のつかないものだ、とわかったとき
不満などいだいても無意味なのだとわかった。
不満が起こるのは、時間について、あやまった考えをもっているからだ。
つぎに起こるのも「いつもと同じこと」だろうと予測しているから
不満をもつことになるのだ。

さしせまった変化ですら予想できないのだし
現在の状況を、いつまで吟味《ぎんみ》していてもはじまらない。

＊

退屈に感じられるとき
わたしは自分の環境にあきあきしているのだと思っていたが
本当は、自分の考えにあきてしまったのだ。
不満を生みだしているのは
使い古され、とりたてて目にも映らないような考えだ。
しかし、静かな気づきをもち、耳をすましてゆくと
わたしの心は生き生きとし
まわりの世界はいのちをふきかえす。

心の動きにすなおでないと、心はバラバラに分かれてしまう。

注意が散漫《さんまん》になっているのは
心がどこか別のところへ行きたがっているという証拠であり
それをなにか義務のようにして、一箇所にとどめておこうとしても
無理なことだ。

ある計画をもつと、なんらかの変化が約束されるので
不満の芽はとりのぞかれる。
しかし皮肉なことだが
計画をもつというのは、いまとはちがう未来を
たんに想像することにほかならない。
もしあまりにも厳密に計画を押しとおそうとすれば
まわりの人びとのことが受け入れられなくなる。

いまやっていることが好きではないのだが
ほかに代わりになることも思いつかないようなとき

不満はわたしの役に立ってくれる――
頭のなかで、計画を、ひとつまたひとつと思いつくのだが
どれも気乗りのするものではなく
不満はましていく。
こんなときには
いますぐなにかに「決めよう」としないほうがいい。
頭が「決めなくてはならない」と思っていると
からだは置き去りにされ
わたしは分裂する。
しかし、もし立ちどまって
自分のなかを流れている、いろんな感情に気づけば
深いところからこみあげてくる動きが感じられ
それが、どうすればいいかを静かに示してくれることがある。
あるいは、自分がもうすでにそれをやりはじめていて
なにかに「決める」までもなかったことに気づくときもある。

このようなとき、「なにをしたらいいのか」という問いには
自分のすべてを、すでにやりはじめている、そのことに
投げ入れる（注ぎこむ）ことによって、答えをだすことができる。
つまり、わたしのすべてを「いま」へと連れもどすのだ。

*

言葉で考えることは、必ずしも必要ではない。
言葉が入ってくると、気づきを失わずに行動することができなくなる。
恐怖や、優柔不断や、非難は、言葉によって養われている。
言葉がなくなれば、それらは死んでしまう。
たとえば、見知らぬ人にどうやって近づいていけばいいか
わからないでいるとき
言葉で考えるのをやめて、その場の状況に耳をすまし
ただ自分を開いていれば

その場にふさわしい行動が、ごく自然に生まれ
しかも自分らしく、思い切りよくやってのけられる。
言葉は、考えをまとめるのにはいいが
「いま」に向きあおうとするときには邪魔になる。

九時五八分――これが「いま」だ。
明日の三時になれば、そのときが「いま」になる。
わたしが死んでいくときも、そのときが「いま」だ。
いつも「いま」しかないのだから
「いま」に向きあえるようになることが
学ぶべき唯一のことだ。

*

ある人にがまんならず

その行動が「まちがっている」と思えるとき
わたしの態度には、いろいろな感情がまじりあっている——
わたしは（その人にもいろいろな面があるのだとは思わず）
彼を、たんなるひとつの対象として考える。
わたしは、彼のことがきらいだ。
わたしには、彼の行動は「まったく理解できない」。
彼も「それほど馬鹿ではあるまいに」。
彼には、ほかの選択肢《せんたくし》だってあるはずなのに。
こんなふうに思うとき
じつは、自分を責めるのと同じ目で相手を見ているのだ。
「欠点」とは、その人がある基準からはずれることを意味する。
では、だれの基準か。
わたしのだ。
他人の行動というのは
自分についての、わたし自身の経験に照らした結果

「わるい」ものになったり
「理解できる」ものになったりする。
相手を審問《しんもん》するような気持ちがわくのは
わたし自身、もし自分がそんなことをしたら
それはわがままで、自分本位で、未熟なことだと思っているからだ。
わたしのなかにも、そうしたがっている部分があり
また実際、そうしていると思えるので
そんな部分を非難するのだ。
なぜ自分がそんなことをしたり、そうしてみたいのかが自覚できるようになり
自分を責めるのをやめることができれば
わたしは相手にたいしても、批判的ではなくなるだろう。
わたしがムカッとくるのは
自分のなかに、なにか理解できないものや
まだ受け入れていないものがあるからだ。

ゆるすことで、自分への呪《のろ》いはとかれ
相手への呪縛《じゅばく》もとかれる。

*

家賃を全額払わなかったというだけで
ローソンは、マックとローリーを犯罪者として訴えようとした。
わたしはローソンに嫌気《いやけ》がさした。
なんて性根《しょうね》のまがった小心者だろうと思った。
あんな奴、ふみつぶされればいい。

でも、もし彼がマックとローリーを銃で撃ったりしたら
わたしは、どう感じただろう。
たぶん、怒りではないだろう。
同じギャングの一味なら、怒りにかられたかもしれないが。

だが、かりにローソンが彼らを殺して食ったとしたら
怒りを感じるどころか
ショックを受け、驚愕《きょうがく》し
ローソンへの哀《あわ》れみすら感じるかもしれない。

いまの話の原則はこうだ――
自分でもやりそうなことは「あやまち」とみなし
自分にできそうもないことは「病気」とみなす。

*

わたしが、だれかのことを認めたくなかったり
グループのだれかを無視したり、避けたりしているのなら
本当は、その人のなかにかいま見えるわたし自身の真実から
目をそむけようとしているのだ。

もし、あなたのすることが、わたしの気にさわるなら
それがどんなに、わたしのやり方とちがっていても
あなたの「あやまち」は、わたしの「あやまち」なのだ。

自分にたいする非難の裏返しでなされる批判ほど
相手を傷つけるものはない。

自分の知らない自分を知るには、基本的なやり方がふたつある。
ひとつは、他人のなかの、わたしにとって気にさわる部分を知るということだ。
ふたつめに、なにを言われたら自分をまもろうとするかを知ることだ。
他人のなかの、わたしの気にさわるものを見つけるには
最近会った人のことを思いだしてみればいい。
どんなときに自分をまもろうとするかは、かなりわかりづらいが
たとえば、こんな兆候《ちょうこう》が見られるときがそうだ——

せっかちに答えてしまう。
どうしても必要以上に話したくなる。
相手を説得しようとして話している最中にさえぎられると、イライラする。
一見、うまくことを運べたかのように見えていても
自分でははじめから負け戦《いくさ》のように感じていて、消耗する。
みんなの言うことを、ただ生真面目《きまじめ》に受けとめるだけで
それをはぐらかしたり、おもしろがったりできない。
（わたしが深刻な態度をみせると、みんなはよくそれをはぐらかす。）

＊

わたしの自己防衛が、少しあとからあらわれるとき
（言われたことを反芻《はんすう》していると、そうなるのだが）
わたしの心理状態は、つぎのようなものになる——
あせって考える。

考えがどうどうめぐりをし
何度も同じ場面を頭のなかでつくりだしては、自分の役をやりなおす。
自分の本当の動機をけっして認めず
いつ仕返ししてやろうかと、そのきっかけをさがす。
自分の精神状態を変えるために
自分をふりかえるようなことは（それが何であれ）やりたくない。

*

相手を批判するとき、わたしはそこに
自分自身の欠点を見ているのだ。
それがわかった以上
わたしは、自分の行なう他人への批判を
ひとつひとつ正直に見てゆきたい。
ある欠点が、相手のなかでどうはたらいているかをよく見ていくと自分の行動も、驚くほどはっきりと見えてくる。
（このようなかたちの批判は、心のなかだけで行なうと
いちばんうまくいく。）

自分が守りに入っていると感じるとき
その自己防衛に気づいたまま
相手を攻撃するきっかけを自分に与えないように注意していれば
わたしは自分の自己防衛に向きあってゆける。

だれもまちがっていない。
事情をよくわかっていない人がいるだけだ。
ある人を「まちがっている」と思うのは
わたしがなにかを見落としているか
相手が見落としているかの、どちらかだ。
だから、どっちが優れているか、といったことで争いたくないのなら

相手の目に映っているものを知るのがいちばんだ。

「あなたはまちがっている」というのは
わたしがあなたを理解しておらず
あなたに見えているものが、わたしには見えず
いま、あなたのすべてが見えているわけではない、という意味だ。
あなたには、まちがったところなど、なにもない。
あなたはただ、あなたのいるべきところにいて
するべきことをしているだけだ。
わたしも自分や他人をまもろうとはするが
あらゆることを知りつくしているわけではなく
それゆえ、善し悪しを判断する資格はない。

わたしがついつい感じてしまうのは
相手よりも優れているか、劣っているか

自分が上か、下か
自分のほうが暮らし向きがいいか、わるいか、といったことだ。
自分が優れていると感じられるときには
それこそ鼻高々になっているのだが
めったにない幸せをおぼえるのは
むしろ相手と同じに感じられるときだ。

いろいろな人がおりなすこの世界のなかで
「一番」などというものはない。

なぜ、新しく出会った人たちを細かく分類しては
頭のなかでいくつもの箱に整理しておく必要があるのだろうか。
ひとりの人間のように複雑きわまりない存在を分類しようとするのは
たんに、わたしが浅はかだからだ。
相手にくだす評価というのは、抽象化の産物であり

ありもしない特徴をつけ加えたり
その人にしかないユニークなものを切り捨てていたりする。
人びとを分類するとき
わたしは、彼らをたんにモノとして扱っているのだ。
わたしが人びととふれあうには
彼らと、じかにつきあってみるしかなく
彼らについて頭のなかで考えてもはじまらない。

＊

「ビルと話すと、へとへとになるよ。
どうしてあいつは、あんなにやっかいなんだ」

これを反対から見れば
「ぼくはビルと話すとき、ひとり相撲になってしまうんだ。

どうして、こんなに面倒なことになってしまうのだろう」

*

ゲイルとの夫婦の問題を友だちと話しあいたいのだが
ゲイルを裏切りたくもない。
このジレンマを解決するには
その問題を、彼女のせいにするのではなく
ただ、自分の問題として話すことだ。
また、その問題を話す相手を慎重に選ぶことも大切だ。
とくに聞き手がわたしの肩をもつとわかっているときには
わたしたち夫婦の関係について話すことで
当のわたしは、その問題から離れていってしまうからだ。

*

友だちのブルースが
母親とうまくいっていないんだ、と話してくれたとき
彼のことが前より好きになった。
わたしは、欠点をかかえて
それを自分でも気づいているような人が好きだ。
まちがいをおかすのが、人間というものだ。
聖人君子たちにとり囲まれていると
ちっとも楽しくない。

正しくあろうとするか
人間らしくあろうとするか——
これは、わたし自身で選べることだ。

自分が批判をしている相手に会うと

思ったより親切にふるまえるものだ。
相手に気をくばっていないときには
自分への気くばりもなくなっていく。

＊

ひとつの例外も出てこないような一般論など、言えるわけがない。
にもかかわらず、議論をしたり言い争っているときには
わたしたちはよく、相手の言ったことについて
ことさらに例外を指摘しあっている。

あなたが自分自身について語ったことに反論する資格は、わたしにはない。
わたしに反論できるのは、あなたが自分以外のことについて話したことだけだ。
あなたが自分自身について言ったことにたいして、わたしが言えるのは
「わたし自身はそうではない」ということくらいだ。

相手にいちばんはっきり伝わる話というのは
「わたし」「あなた」「いま」「ここ」についての話だ。
なぜなら結局、これら以上にはっきりした拠《よ》り所はないからだ。

話を一般化する、というのは
自分にとって真実であることが、自分以外の人にとっても真実だと
言い張ることだ。
わたしはよく一般論をもちだすが
それは、自分にとっての「真実」を、みんなも共有しているという幻想を
かもしだしたいからだ。
こうしてわたしは、わたしというものへの、ささやかな支持（同調）をあおり
そんなに、ひとりぼっちに感じなくてすむ。

ときどき、わたしは話を一般化しようとして

「じゃあ、これが神様の意見だということにしよう」と言う。
もちろん、そうすれば、相手も大いに議論をしかけてくる。
相手が自信をもって、「これは自分自身の考えだ」と言うときには
わたしは、相手の話にもっと注意をはらうだけでなく
自分のなかを、もっと深く見つめていくようにもなるだろう。

あなたが、それはこうであると断定するのでなく
あなたがそれをどう見ているかを話してくれれば
わたしがそれをどう見ているかも、もっとはっきりするだろう。

わたしがなにかを熱心に語っているときには
たいてい自分にも、あまり確信がないのだ。

会話のなかで、なにかを断定的に言うとき
わたしは、ちょっとした疑問や、ためらいを感じずにはいられない。

「賛成」とか「反対」というのは
本当は、心の状態としてありえないことだ。
二人の人間が、まったく同じように考えたり
まったく正反対に考えたりすることは、実際にはありえない。

ときどきわたしは
相手とぶつかるのを避けたくて、「賛成です」と言ったり
相手を黙らせたくて、賛成するときがある。
わたしが「反対だ」と言うのは
たいてい、自分が目立ちたいときだ。

相手のことを自分が実際どう感じているのか、ていねいに見ていくのと
たんに自分の見方が正しいと言い張るのとでは
大きなへだたりがある。
相手にどんな気持ちをいだいていても、それに証拠などいらないし

それは、頭のなかで順に考えていって気づくようなものではない。

わたしに反対してくる人がいたとしても
わたしは自分の言ったことをすぐに訂正する必要はない。

相手は、いつも自分に賛成してほしがっているわけではない。
彼らにだって、そんなのはニセモノだとわかる。
わたしが彼らを思いどおりにしようとしているのがわかるのだ。
――こいつは賛成することで、自分たちにとり入ろうとしているのだな、と。
彼らは、こう感じるだろう――
「わたしは、あなたを好きになるためにいるんじゃない。
あなたを好きになるために、ここにいるわけじゃないんだ」。

わたしが存在しているのは、だれかを好きになるためではなく
愛するためだ。

好きになるのとは反対に
愛は見返りを求めない。

*

自分をちっぽけな存在だと感じるときには
たとえ人にきらわれても、なにもないよりましだ。
人に無視されるぐらいなら
憎まれたほうがまだいい。
憎まれているかぎり
わたしは重要人物なのだから。

*

人が猟《りょう》をしたり

野生の生き物に石を投げつけたり
めずらしいペットを買ったり
花をつんだり
すぐれた人物の陰口《かげぐち》をたたいたりするのは
自由で、美しく、自分とは似ても似つかない存在にふれたかったり
それとひとつになってみたいからかもしれない。

*

人に批判されても、それによって
わたしの値打ちがさがるわけではない。
それは、わたし自身を批判したものではなく
彼らの側の批判的な考え方を示しているだけだ。
彼らは、ただ自分の考えや感情を表現しているだけであり
わたしの存在について、なにかを表現しているのではない。

かつてのわたしは
自分の価値は、自分の力でかち取っていくものだとばかり思っていた。
だから、必死になって、人に気に入られようとした。
彼らに気に入られることが
なによりもわたしの価値を示していると思っていたのだが
それは実際には、彼らの側のなにかを物語っていたにすぎない。

批判をされたあと、わたしが考えるのは
「それは当たっているか」ではなく
「その発言は、自分になにかを気づかせてくれるだろうか」ということだ。
「それは当たっている」という言葉の真意は
「わたしも、自分のことを相手と同じように考えている」ということだ。
しかし、だれも、それが本当に当たっているかどうかなど、わかるものではない。

批判というのは、ほんの少しまえのことについて言えるにすぎない。
それは、未来の人生について語ることはできない。
批判は、過去のわたしに当てはまるものなのか
それとも、未来のわたしになのか？
もっと重要なのは
それを、どんな目的に役立てるかだ。

「なんてザマだ！」
――いや、わたしがそういう印象を彼女に与えたのではない。
彼女のほうがそういう印象をもったのだ。
わたしはいつも同じ自分でいるわけではないし
相手からも、いつもきまった反応がかえってくるとはかぎらない。
相手の人たちは、わたしのすることに、いろんな反応を示す。
彼らがどんな反応をするかは、彼らのほうの問題だ。
（しかし、逆にわたしが「大成功」をおさめたときには

このからくりは、少し見えにくくなる）。

批判されたからといって、なにも傷つく必要はない。
その意味を、自分がどう解釈するかで、痛みは生まれるのだから。
ボブは「君はときどき、三歳の子どもみたいなまねをするよな」と言うし
エスターは「説教師みたいな口ぶりね」と言う。
こうした言葉は、わたしにとってどんな意味があるのだろう？
わたしは、それらを中傷ととらないではおれないような人間だ。
だがそれらの言葉がもともと、そういう意味をふくんでいるわけではない。
その言葉と意味を結びつけて、それは悪口だと言うのは、このわたしだ。
もし、わたしがもっと自分に意識的で、自分のあり方を否定することもなく
「こころの底」でどんな人間なのかをよく知っていれば
他人の言葉に一喜一憂することもないだろう。
むしろ自信をもって
それらがどれくらい正確なのかを判断できるだろう。

安心できないのは
自分のことを、よく知っていないからだ——
わたしは不安定で、自分をたよりにできず
どうすればいいかわからない。
安心できないので
自分のなかのいろんな面を、自分にも隠してしまうほどだ。

あるいはまた、安心できないのは
「自分のやり方じゃ、まだダメだ」と思っているからかもしれない。
どうふるまうべきか、自分を人にどう見せるべきか、といったことを
わたしは、つい頭のなかでリハーサルしてしまうのだが
こんなときは、ありのままの自分を尊重できないでいる。
このままの自分で大丈夫という自信が、とうていもてないので
いろんなルールを決めておかなくてはならないのだ。

さもないと、へまをやらかして
ただの人に舞いもどってしまうぞ、というわけだ。

「自分をよく見せたい」と思っているから
わたしも、ポールも、ほかの人も、しゃべりすぎるのだろう。
自分が大物ではないと感じているので
わたしは、せわしなく話しまくるのだろう。
以前、まっとうなことを言って
相手を感心させたことが何度もあった――
それで「まっとうなことさえ言っていれば
みんなに好かれるだろう」となったわけだ。

自慢をする人は
自分が過去になしとげたことを、あからさまにではなく
淡々と、事実を並べるように語るものだ。

わたしはたいてい、うまくカモフラージュしながら
それを会話のなかにすべりこませる。
これは、つい最近自分がなしとげたことや、人から認められたことを
興奮ぎみに友だちに伝えるのとは、正反対のことだ。
ただし友だちとのあいだでも
その話をきりだすまえに、そのニュースが歓迎されるかどうかを
敏感に察しておくほうが親切というものだ。

*

昨夜、ビルと話していたとき
自分がやけにきどって話しているように思えたので
二人で、下品な言葉づかいに変えてみた。
下品に話すことで
もっと自分の存在感を出したかったのだ――

それとも、そんな話し方をするのは
話にもっと現実味を出したいからだろうか。

きたない言葉を使うとき
わたしは、なにかを「語って」いるというより
なにかに「なって」いる。

きたない言葉をはくと
相手は、その言葉にくぎづけになるだけで
わたしの考えに目をむけることはない。

*

なんのてらいもなく、自分自身でいられるのなら
わたしは生まれつき気楽な性格だ、と言えるのかもしれない。

しかし、おもしろい答えが頭にひらめいても
うっかり口にしたら、どう思われるだろうかと気になって
わたしは、つい口を閉ざしてしまう。

*

本当のユーモアは、楽しいものだ。
それは、相手をやりこめたり、からかったり、ばかにすることではない。
ユーモアによって、人はすばらしい気分を味わい
相手と距離があるとか、ちがうとか、切り捨てられているとは感じない。
本物のユーモアの根っこには
「わたしたちはみんなひとつ」という理解がある。

*

わたしが話のなかで「だから」とか「ええと」と言ってしまうのは
間《ま》をおかず、さっと答えなくては、と思っているからだ。
まるで、自分の言いたいことを、ゆっくり時間をかけて見つけるのが
恥ずかしいかのようだ。

ふと言葉がとぎれる瞬間をどう解釈するかは、相手の側の問題だ。

わたしが、どんな質問にも答えなければ、と感じているのなら
そうさせているのは、ほかでもない、このわたし自身だ。

*

たぶん、もうこれ以上話しつづけないほうがいいのだろう。
相手も、わたしの話にうんざりしていることだろう。
わたしが話しつづけているのは

わたしがそうしたいからであり
それは、相手のためではなく
あくまでもわたしのためなのだ。
問題は、わたしがこのままもっと話したいのかどうかだ。
もし相手への親切から、話すのをやめようと思うなら
それもまた、相手から「もうやめてくれ」と言われるからでなく
あくまでも自分の責任で決めることだ。

*

わたしは、この女性になにか言いたいのだが
「なにも言わないほうが無難《ぶなん》だな」という恐れが先に立つ。
（「彼女は誤解するかもしれない」「忙しそうだから」などなど
その口実はいくらでも浮かんでくる。）
こうした恐れは、いま現在の場面のなかで起こっているのではなく

過去からきている。
かつてうまくいかなかったからといって
なにもいま、それにしばられる必要はない。
わたしたち二人は、いま、ここにいるのだ。
いまの状況は、どうなのか？

*

ほめ言葉には、ちょっとこわいところがある。
その理由として、まず
いったんほめられても、あとでけなされる恐れがある。
他人の言葉に一喜一憂するようになると
わたしは自分を、相手の手にゆだねてしまうことになる。
別の理由として
いまは、たまたま自分が注目をあびていても

今後も同じように見られたいのなら
わたしは自分のふるまいに、いつも目を光らせていなくてはならない。
また、もうひとつの理由として
自分が彼らにほめられるほど大したものでないことを
どこかで承知している。
さらにもうひとつの理由として
わたしが同じようなほめ言葉を使ったときには
ただ人をもちあげているだけのときも多かった。

称賛の言葉が深くこころに突きささると
それは批判と同じくらい
わたしをかき乱す。

わたしがビルとボブのことを、あまりにほめちぎったので
「ぼくらの息子にでもなりたいのかい」と揶揄《やゆ》された。

いったいどうして、わたしは相手を実物以上にほめあげるのか。
たぶんそれは、彼らのなかに見つけた長所が
彼らのすべてであるかのように思いたかったからだ。
そして、そのなかに浸《ひた》りこみたかったのだ。
それがよくないことなのかどうか、わからないが
よけいなことだ、とは思う。
限りあるもののなかに、無限なものを見ようとしているわけだし
まるで、美しい女性に夢中になるようなものだ。

ほめられたときには、正直に受け答えをすることだ。
ローレルに「あなたのようにやさしい人を知らないわ」と言われた。
わたしにはこう答えることもできたのに――
「自分では、やさしいと思っているけど、君が思っているほどじゃないよ。
君とは知りあって間もないから、ぼくもいいところしか見せてないのさ。
もう少したてば、君も、ぼくがそこらにいる連中と同じくらい

思いやりのない奴だということがわかると思うよ」。

ローレルとの仲も
新しく生まれた友情の道すじを典型的にたどっているようだ。
はじめは、おたがいのいい面しか見ていなかった。
いまは、おたがいの欠点ばかりが目につく。
この段階を乗りきることができれば
わたしたちには、おたがいがよく見えてきて
本当の友だちになれるだろう。

利害関係は変わっていく。
おたがいの利害関係にもとづく友情は、やがてほろびていく。
真の友情というのは
最近のことだろうと、ずっと昔のことだろうと
たがいにわかりあえたということに、ゆるぎない信頼をおくことだ。

たとえ身近な人であっても
相手との関係が、思うようにいかないときがある。
そんなとき、不満がわいてきたり、悲しくなったり
いらだったりして
まるで、時間を無駄にしているような気になる。
こうした気持ちになるのは
自分の期待どおりにいかなかったときだ。
相手からなにかを得ようとしているのに
それがかなえられないのだ。
わたしのほしいもののリスト――
支持、助け、楽しみ、娯楽（退屈しのぎ）、
承認、愛、セックス、そして自己正当化。

友だちを自分のものにしようとするのではなく

ただ友だちであろうとすれば
不満など起こらないだろうに。

あなたから認められることを求めていると
わたしには、あなたのことが見えなくなる。

たしかに、認められたいとは思っているけど
もう子どもではないのだから
ほかの人から、それを得る必要はないのだ。

なにかを嫌うというのも、欲求のはたらきの一部だ。
わたしがあなたになにかを求めても与えてくれないとき
わたしは、そんな状態がいやになり
あなたのことを、わるく言う。
一匹のリスが、わたしの家の裏に住んでいるが

そいつは、わたしがごみ箱を空にするたびに怒りだす。
わたしは、べつにそのリスから好かれたいわけではないので
そいつが勝手に怒りだすと、おかしくなる。
しかしそのリスがわたしのペットで、自分になつかせたいときには
それが同じように怒れば、イライラするだろう。
道ばたの石も、わたしの通り道になければ、きらいになるわけではないし
雲も、わたしに雨を降らさなければきらいではない。
わたしが、あなたからなにかを求めているとき
あなたの言葉は「イエス」か、「ノー」か、「たぶんね」としか聞こえず
話題が横道にそれていったりすると、イライラしてくる。
そんなとき、わたしは、あなたをありのままに受けとめられず
あなたの見ているものも目に入らない。

*

ほとんどの場合、会話は
言葉と感情のふたつのレベルでかわされているようにみえる。
言葉のレベルでまともなことを言っていても
それは、感情面の欲求をみたす手段として使われる。
昨日、わたしの女友だちが、ある人からひどいことをされたのよ、と話した。
わたしは彼女に、なぜその人がそんなことをしたのか、自分の思うところを述べてみた。
すると彼女はすごく怒りだし、言い合いになった。
そう、理由は明らかだ。
わたしは、彼女の言葉にだけ耳をかし
感情のほうには注意をはらっていなかったのだ。
彼女の言葉は、彼女がいかにひどい目にあったかを語っていたのだが
彼女の感情が訴えていたのは
「お願い、わかってちょうだい、わたしがどんな気持ちだったか。
この気持ちを受けとめて」というものだった。
相手のとった行動についての解釈など

彼女が耳にしたくもないものだった。

わたしは、なにか感じていることがあるから話すのだ。
そしてあなたに話しかけるのは
わたしがどう感じているかを知ってもらいたいからだ。

わたしがなにかを口にするとき
本当は相手になにかを要求しているのだ。

わたしが相手に問いかけるとき
本当はなにかを言っておきたいのだ。

わたしがごく平凡なことを話題にするときには
わたしの友だちになってほしい、と誘っているのだ。

だれかのうわさ話をするとき
わたしは相手にこう懇願《こんがん》しているのだ――
「ぼくはそんなまねをしないんだから、もっと評価してくれないか」。

議論をふっかけるとき
わたしは相手にこう言い張りたいのだ――
「どうかぼくに賛成して、ぼくをもっと評価してくれないか。
い、い、ぼくがこんなに言ってるんだから」。

そして批判をするとき
わたしは相手にこう伝えてやりたいのだ――
「おまえはいま、ぼくのこころを傷つけたんだぞ」。

もしわたしが、あなたの感情の訴えに耳をかさず
ただ表面の言葉にだけこたえていれば

あなたと通じあえることはないだろう。
たがいに理解しあうことはなく
わたしは、あなたの気持ちを感じとれず
しだいにいらだってくる
そしてあなたも、同じような気分になるだろう。
どんな会話でも、その根本では
相手を深く理解する力が要求される。
わたしがいらだちを感じたら
それは、あなたが伝えたい感情をわたしが避けている、というサインだ。
わたしは立ちどまって、あなたにたずねてみようとはしなかった——
「本当は、ぼくになにを求めているんだい」と。

わたしは、あなたが口で言うことだけを聞きたいんじゃない。
あなたが本当はなにを言いたいのか、それを感じとりたいのだ。

わたしは、あなたを言葉だけで判断したくはない。
深い感情はよく、筋のとおらない言葉のなかにあらわれるものだ。

わたしはあなたに、なんでも言えるようになってほしい。

たとえ、本気ではないことでも。

わたしは、あなたが黙りこむのがこわい。
それがなにを意味しているのか、わからないからだ。
黙りこんだあなたは、きっと退屈しているか
話に興味をなくしたか
あるいは、勝手にわたしのことを、あれこれ値踏《ねぶ》みしているのだろう。
あなたが話しつづけているかぎり、なにを考えているのかわかる、と
わたしは思いこんでいるのだ。

しかし、信頼があるからこそ、沈黙が生まれるときもある。
そして、たがいが尊重しあっているときにも、沈黙は生まれる。
沈黙は、たがいを生かしあうことでもある――
「わたしはわたし、あなたはあなた」と認めあっているのだ。
こうした沈黙のなかでわたしたちは――二人のままでありながら――
一緒に生きていることを認めあっているのだ。
言葉があるとき、わたしは、あなたを自分の友だちに変えたいのだ。
沈黙があるとき、わたしは、あなたの存在をまるごと受け入れている。

わたしの経験では、自分の感情に正直になれれば
相手の感情にも、もっと共感できるようになる。
わたしの知性よりも、感情のほうが
相手の感情を正しくとらえているようだ。
だから相手の内側がいまどうなっているかを知るには
「この人のなかで、なにが起きているんだろう」と頭で考えてみるのではなく

「この人に起こっていることを、わたしはどう感じているんだろうか」と
自分の感情に聞いてみるといい。
相手が感じていることを、もっとはっきり理解するためには
その人が口で言っていることや、わたしが頭で考えていることに耳をかすのをやめて
ときには、わたしの内面を見つめてみることが必要だ。
そして、わたしがこの内なる感情から話し
相手の言い分についてわたしが理解したままに話してみるなら
たとえそれがまちがっていても
たいていは相手のほうから、わたしのまちがいを直してくれる。

たがいにわかりあうために
わたしがしなくてはならないことは――
あなたにたいする気づきを深める（あなたを発見する）。
わたしのことに気づいてもらう（わたしを隠さず見せる）。
あなたと話している最中でも、いつでも自分を変えられるようにしておく。

そして、その変化を、すすんであなたに打ち明けられるようにする。

意味のあるコミュニケーションが成り立つためには
そこに〝いのち〟が通っていなくてはならない。
「わたしとあなた」の壁をこえ、「わたしたち」にならなくてはならない。
二人が本当に通じあっていれば
わたしがあなたのなかに、自分とはちがう〝いのち〟のはたらきを見ても
それをともに分かちあえるだろう。
そしてあなたも、わたしを見て、わたしの存在を分かちあえるだろう。
ささやかではあるが、こうしてわたしたちは
古い自分を脱ぎ捨て、なにか新しいものになる。
このような分かちあいが起こるためには
話をするときも、かたくなになってはいけない。
やわらかく広いこころをもたなくてはならない。
わたしがなすべきことは、その〝つながり〟に身をゆだね

そこから生まれてくるものと、すすんでひとつになってゆくことだ。

あることについて話しているときというのは
たがいに通じあっているようでも、じつはそうではない。
ゲイルとわたしは、友人の家を訪れると、なにかについて話をする。
その晩ずっと、みんなの口にのぼるのは
「そうですね」とか「そうじゃないのかな」といったたぐいのことばかりだ。
まるで、自分たちには直接関係がなく、みんなの気が合いそうな話題を
せっせと見つけて、それについて話さなくてはならないかのようで
まったくゾッとする。
本音の話ができるのは、帰りの車のなかしかない。

相手とともに話しあうのではなく
相手にむかって一方的に話しかけるのは
ふたつの理由からだ——

わたしが正しいのだと、相手に思わせたい。
わたしは正しいのだと、自分に言い聞かせたい。

昨夜、みんなと話していたとき、ハッと気づいたのだが
みんな大変な苦労をして
まえの人が話したことに、自分の言いたいことをつなぎ合わせようとしていた。
そんなことをしなければいけないなんて、おかしなことだ。
こんなときのわたしは、いつも自分に正直だとはいえない。
自分でも、どうつじつまを合わせて、そんな発言になったのか
よくわからないときがある。
そんなとき、わたしは、こじつけをして
自分にはその話をするだけの理由があることを
みんなにわからせようとしているのだ。
本当の理由は、とにかくそれを言いたかった、ということだ。
「あなたの言ったことで、こんな疑問がわいたんだけど」というのではなく

じつのところ「ぼくは、これを言いたいんだ」。

*

型どおりの挨拶《あいさつ》や、礼儀正しさは、ニセモノであることが多い。

しかし、社会のしきたりに従うのは自分に正直な態度ではない、と決めつけるのもまちがいだ。

たとえそのしきたり自体が、中身のない形式にすぎないとしても。

わたしが仲間とうまくやってゆきたいと思っているのなら
しきたりに従うことで伝えられるその中身に、うそ偽《いつわ》りはない。

*

いくら自分に正直でも、まわりへの配慮を欠いていれば
それは、うぬぼれにすぎない。

あなたと通じあっていたいなら
わたしはあなたに、たえず自分の気持ちを伝えていかなくてはならない。
あなたに質問をすることで、わたしはよく自分の気持ちを隠してしまう。
わたしが質問をするのは
自分の本心を明かすまえに、あなたの立場を知っておきたいからだ。
あるいは、あからさまには言いにくい非難を、そこにこめられるからだ。
あなたに「なぜ、そんなことを言うんですか？」とか
「本当にそう思っているんですか？」と聞けば
わたしは自分の感じていることを、ほとんど表に出さなくてもいい。
そしてあなたのほうは、わたしにどう答えたらいいかもはっきりしないまま
なにかを答えなくてはならないという立場に追いこまれる。

＊

抽象的な質問をされれば、されるほど
（「本当に幸せですか？」「人類を愛していますか？」「自分の国を？」「神を？」）
自分がなにを感じているのか、ぜんぜんわからなくなる。

*

どうしても口をついて、話したくなるときがある。
そんなとき、わたしの言葉は、質問とはならず、はっきりした要求となる。
わたしの言葉は、感情からわきだしてくる。
その感情は、なにかを質問したいのではなく、こうだと宣言したいのだ。
たんなる好奇心ですら
わたしがなにをほしがっているのか、雄弁に語っている。

*

「あなたは、そうすべきだ」と言うときの真意は
「わたしは、あなたにそうしてもらいたい」ということだ。
では、なぜ、はっきりそう言わないのか。

あなたに「そうすべきだ」と言うことで
わたしは自分が、かかわりあいにならないように避けている。
わたしはあなたに、なにか客観的にみえる基準を示し
まわりの事情や世間体を考えれば、そうするしかないと言っておきながら
自分だけは、関係のないふりをしているのだ。

*

もしあなたに、わたしの感じていることをすべて気づいてもらえたら
あなたの反応をとおして、わたしには
自分についてもっと知らなければならないことが見えてくるだろう。

あるいは少なくとも、わたしたちにとって必要なことが。

「そんなに個人的に受けとらなくてもいいじゃないか」——
しかし、あなたの言うことが、個人としてのわたしにふれないのなら
それは、いのちの通わない、ただの言葉をならべているにすぎない。
大切なのは、たんに一方の「個人的な面」にだけでなく
わたしたち両方の個人的な面にふみこむことだ。

*

書かれたものであれ、話されたことであれ
人びとの考えが、より個人的なかたちで表現され
それぞれの人の人生にしか当てはまらないようなものであればあるほど
その言葉は、わたしにとっても意味のあるものとなる。
たいていは、エッセイよりも、本人の日記のほうが

わたしにとっては価値がある。

＊

多くの人は、だれかにどなり散らすとき
自分の感じたままを行動に出していると思っている。
だれかが、わたしにとやかく言ってくるので
わたしは、つい「この野郎」とやりかえす。
しかしわたしは実際に、彼がクソ野郎だと感じているのではない。
わたしが感じているのは、こいつはわたしを傷つけた、ということだ。
「おまえはぼくの気持ちを傷つけたんだから、今度はこっちがやる番だ」
言葉で攻撃をしかけ、強がってみせることで
じつは、自分の傷ついたこころを隠そうとしているのだ。
なにもできない無力な存在に突き落とされたように思うとき
わたしの怒りは爆発する。

ゲイルに、あれをやってと頼まれて、カッとくることがある。
その頼みを断れば
自分のダメだと思っているところが、うっかりバレてしまうように感じるからだ。

健康な怒りというものは、あるのだろうか?
わたしを叩きつぶそうとする攻撃から身をまもるときの怒りは健康だ。
だが、自分のふれたくない部分を刺激されたために相手を攻撃し
わたしについての良からぬイメージを相手の心から消し去り
それにまつわる相手の感情までも一緒に葬《ほうむ》り去ろうとするとき
その怒りは不健康なものだ。
一方の反応は、自己を肯定し、築きあげるものだが
他方は、相手を裁き、切り捨てるものだ。

ゲイルにはすぐに腹を立てるというのに

いつもわたしにあたり散らしている上司には、どうして
怒りを感じることすらないのか？
わたしは、まちがいなく、なにかを失うことを恐れているため
自分で自分にあたり散らすことで、相手の怒りを帳消しにしようとしているのだ。
上司がかみついてくると
わたしは、すぐにその批判のなかに「真実」を見つけだし
その結果、わたし自身が、自分を傷つける唯一の凶器になってしまうのだ。

自分を信じられないと、自分の力は絶たれていく。
自分を裏切ると、魂を捨て去ることになる。
わたしの強さは、上司に反抗することで生まれるものだとばかり思っていたが
実際には、自分にたいする仕打ちをやめることで生まれてくる。
健康な自己主張は、自分を尊重することから生まれ
それによって、分裂していたわたしは、ひとつになる。
それは、わたしに本当の自分とはなにかを教えてくれ

当然の権利として、わたしがそれを十分に実現できるように支えてくれる。
わたしが意識的な目をもち
人に見られることを恐れず
自分に共感できているとき
わたしの力はわいてくる。
仕事も、友も、評判も失うかもしれないが
自分の中心にあるものから行動を起こさないなら
わたしは自分のすべてを失ってしまうことになる。

*

ゲイルがわたしを信じ
二人の関係を信じていてくれるからこそ
彼女はときどき、わたしに怒りを爆発させることもできるのだ。

いつも言い争いが、早々に切りあげられ、しっくりしないままになっていたので
わたしたちの結婚生活は悩み多いものになっていた。
いまでは、なにについて争っているのかがはっきりするまで
たっぷり時間をかけて、とことん言い争う。

二人のあいだの関係よりも上に置かれているもの——
それがいつも、きまって言い争いの種になる。

*

わたしにたいして、そして他のだれにたいしても
いつもまったく同じ気持ちをいだきつづける人など、いるはずがない。
これがわかると、わたしは相手と、ずっとうまくつきあえるようになる。
これと同じで
わたしがだれかを四六時中「愛していなくてはならない」と思いこんでいると

自滅的な結果をまねくことになる。
エスターも、ときどき、わたしに嫌気がさすのかもしれないが
わたしはその気持ちを尊重したい。
だから、その気持ちがまちがいだ、とでもいうかのように
すぐに変えさせたくはない。

*

こころ《ハート》は、いつも愛の源となるが
気分は移り変わり、ひとつの状態にとどまらない。
気分には耳をかさなくてはならないが
それにふりまわされてはならない。

*

わたしたちが本物の人間として生きていないなら
つまり、その深みにおいて、自分自身でないのなら
わたしたちの関係は、本物にはなりえない。

*

「たのむから、ありのままのぼくを受け入れてくれないか」
「そう、ぼくが君を受け入れていないということだって
受け入れてもらいたいんだ」

*

わたしは、自分の友だちを支えたい。

——たとえ彼らがまちがっていても。
しかし、わたしが支えているのは、友だち自身であって
彼らがやったまちがいのほうではない。
この点だけは、はっきりさせておきたい。

*

わたしが一緒に出かけたいからといって
彼女がわたしとそうしたいのかどうかは、なんとも言えない。
しかし、自分ひとりで気をもむのではなく
実際、彼女に聞いて、その気持ちを確かめてみることはできる。
ただし、彼女に〝うん〟と言わせるような、手のこんだ聞き方はしないで。
もしどんな男性でも選び放題だとしたら
彼女は、わたしを選んだりはしないだろう。

しかし、わたしも、自分の理想からかけ離れていることを知りながら
これまで何人もの女性に強く魅《ひ》かれてきた。
要するに、ほかの男とくらべて、わたしがいいかどうかが問題なのではない。
重要なのは、いま、この女性にとって、わたしが魅力的なのかどうかだ。
「ぼくはカッコいいかい？　それとも、ちょっと太りすぎかな？」――
こんな質問には答えの出しようがない。
「彼女はいま、ぼくのことをどう思っているのだろう？」――
こういう質問なら答えがある。
しかし答えを得るには
わたしは、自分にではなく
彼女のほうに目をむけなくてはならない。

ある女性に、わたしが強い性欲を感じ
その欲望がおさまることなく
日常のつきあいまでも、ギクシャクしたものになってくれば

彼女のためにも、そして自分のためにも
彼女に、そのままを伝えたほうがいいかもしれない。
これまでにも、そんなことが何度かあったが
そのつど、相手の女性はわかってくれたようだ。
（一度だけ、ある女性の夫は不機嫌《ふきげん》になったのだが。）
ひとりの女性は、自分も同じように感じていると言ったので
驚いてしまった。
ある女性は、そんな気持ちはないのだと言い
別の人は、なにも言わなかった。
しかし、最後の例をのぞいて
わたしたちのつきあいは、そのあとずっと楽になった。
しかし、こうしたことをやるときには
わたしは、自分の動機にしっかり気づいていなくてはならない。
なぜなら、セックスの話をもちだすと
相手は、それにこたえるように求められているのでは、と勘《かん》ぐってしまうからだ。

こうした話をもちだすときには
なかなか自分をオープンにする訓練にはならず
ただ相手をたぶらかして、操作することになりやすい。
相手とのコミュニケーションを本当によくしたいのなら
わたしは、それを口にする必要があるのかどうかも
まじめに考えなくてはならない。

リアがビルといっしょに入ってきたとき
彼女にとても魅《ひ》きつけられた。
もし、わたしが自分をオープンにし
ビルやゲイルの存在だけでなく
自分の気持ちなどにも広く注意をむけられるなら
わたしは、その場の全体にうまく調和しながらふるまえるだろう。
心の視野がせばまるときにだけ
わたしの行動はゆきすぎたり、偏《かたよ》ったりする。

感情は、それを行動に出すように迫ってくるものだが
行動そのものは、必ずしも必要ではない。
自分のからだが表現するものは、わたしが自由に選べるのだ。
行動に出すことで、その感情を「追い出せる」わけではない。
実際、行動に出せば
その感情は、もっと強くなり
しばしば心に消えない痕《あと》をのこしてしまう。
感情について、ただひとつはっきりしているのは
それは変化していく、ということだ。
自己表現の機会を、ひとつも逃すまいとして
たえずうつり変わっていく感情に
いちいち「忠誠」をつくす必要はないのだ。

アリスには、なんともつまらないことをした。

わたしは彼女にすごく魅きつけられていたのだが
いつもきまじめな堅物《かたぶつ》のようにふるまっていた。
わたしが自分を男として感じるときには
それを行動にあらわすかどうかを意識して決めたい。
人畜無害の「いい人」のふりをしていると
自分を裏切っていることになる。
人は、自分の力を信じて決心することもあれば
自分の力を疑って決めてしまうこともある。
わたしとしては
どんなことをするときも、自分の力を信じて
それを生かすようにしてゆきたい。

*

あなたは、ただの友だちでいたいと言う。

わたしの精神とは関係をもちたいが、肉体関係はいやだというわけだ。
それはわかる。
あなたが望んでいない関係を求めようとも思わないし
あなたが不快に思うことを話題にしようとも思っていない。
しかし、わたしとしても
自分にそんな感情がないかのように
自分を押し殺すようなまねはしたくはない。
あなたが、わたしを友だちとしてほしがっているのなら
わたしとともに、わたしのペニスだって
受け入れなくてはならないはずだ。

「なにかを食べたい」

「セックスをしたい」

このふたつに、どんなちがいがあるのだろう?

同意が必要かどうかだ。

ある女性とセックスをしたいとしよう。
もし彼女がわたしとセックスをしたくはなく
わたしがこの事実をすっかり受け入れてしまうなら
おそらく彼女のことを、もうそんなかたちでは求めなくなるだろう。

しかし本当にそうだろうか。

「彼女への思いを、どうしても断ち切れないんだ」——
真実は、そうではない。
本当は、彼女にとって自分が用なしになったことが認められないのだ。
彼女の人生から、自分という存在がなくなってしまうことが
耐えられないのだ。

「愛されたい、ただそれだけなんだ」——
愛されたいとか、愛されるような人になりたいと言ってみても
じつは自分の本心から、そう望んでいるわけではなく
相手のほうがそんな愛すべき人間になってくれるように求めているにすぎない。

「君のこころ《ハート》がほしいんだ。目も耳も、その肌ざわりも、言葉も。
ぼくを見て、ぼくの話を聞いて、ぼくを感じて、ぼくに話しかけ
ぼくを愛してほしいんだ」
しかし実際には、自分のほしいものを相手に与えてみると
自分にはないと思っていたものが、自分のなかにあることがわかる。

*

数ヵ月前、お腹に生じた特別な感覚を、最初は「空腹」だと思っていたが
それにもっと耳を傾けてみると、「緊張」だとわかった。

バークレーにいたころ
とても強い感覚につきあげられ、それを性欲だと思っていた。
のちに、何人かの女性と親しくなったが、セックスはしなかった。
にもかかわらず、あの感じは弱まっていった。
セックスの相手ではなく、一緒にいてくれる仲間がほしくて
あのような感覚が出てきたのだろうと、そのときは思っていた。
しかしいま、わたしは山のなかに住んでいて、ひとりですごすことが多いのだが
あの感じは（ほとんど）なくなってしまった。
すると、こうも考えられる。
わたしがバークレーで本当に感じていたのは
ひとり静かになりたい、ということだったのではないか。

わたしがしてきたまちがいは、自分が感じたことを解釈しては
いちいちそれに呼び名をつけていた、ということだ。
（「緊張」とか、「恐怖」とか、「孤独」とか。）

すると、それはひとつの独立した力となり
わたしに影響をおよぼしてくる。
実際、わたしの感情は、そうした解釈のおかげで
思いついた呼び名の数と同じだけ、雑多なものになっている。
反対に、頭が静まっていれば
からだの感覚も静かなものだ。

*

わたしは「○○がほしい」と感じているのではなく
「○○が欠けている」と感じているのだ。
それを勝手に「ほしい」と決めつけているにすぎない。

*

わたしは、頭を欠いた肉体に左右されているだけの存在ではない。
そんな見方に立てば、短絡《たんらく》的に
肉体が「それを感じる」から「それが必要なのだ」、とは思いこまなくなる。
しばし立ちどまって、自分の感情に耳を傾けてみれば
背後にある思いを聴きとることができる。

感情にとりくむよりも
思考にとりくむほうが簡単だ——
なぜなら、その思考は自分でつくりだしたものだと、わかるからだ。
感情は肉体に埋めこまれているため
近寄りがたく、侵《おか》しがたいものにみえる。
一方、思考は、いったんはっきりと見透《みすか》してしまうと
それを一笑に付すのも、つくり直すのも、入れかえるのもやりやすい。

*

あなたがわたしのことをどう思っているのか、気にしているかぎり
わたしは、あなたにこころを開いていないし
あなたを受け入れることもできない——
つまり、あなたがひとりの個人として存在することを受け入れていないのだ。
いまのあなたは、わたしを映しだす鏡になっているにすぎない。
あなたがわたしのことをどう思っているか、心配しているかぎり
わたしは、あなたのことなど思っていないのだ。

わたしは、自分のことなら自分の頭で考えられる。
あなたの頭を使って考えてもらう必要はない。
わたしは、あなたをじかに知りたい。
自分にではなく——あなたに耳を傾けたい。
自分が話さなくてはならないことなら
もうとっくに自分に聞いて知っている。
いま、この語らいの場で〝新しい〟のは、あなたという存在だ。

見るためには
自分のほうも、すすんで相手から見られなくてはならない。

*

相手が色メガネをはずしてくれれば
その人のことが、もっとよく聴きとれるのに。

*

わたしがあなたに、なにかを与えつづけているだけなら
（たとえそれが「愛」だとしても）
あなたの存在は、わたしの目には入ってこない。

*

「人がどう思おうと、気にしないさ」——
これは、自分に語りかける言葉のなかでも
いちばん不正直なものだろう。
こういう言い方をするのは
本当にどうでもいいと思いたいからなのか
それとも、ただ強がって、そう見せかけたいからなのか。
どう思われようとかまわない、と見せかけるのは
うぬぼれ以外のなにものだというのか。

気にしているか、していないかが問題なのではなく
〝どのように〟が重要なのだ。
朝、鏡のまえで身じたくに時間をかけるからといって
人がどう思うかを、こころから気づかっているわけではない。

本当のところ、自分について、ああだこうだと思ってもらいたくないのだ。
わたしが、自分の着ているものや、髪の長さや、体重などに注意をはらうのは
人がどう思うかを、まえもってコントロールしておきたいからだ。

わたしが、身じたくにかける時間の、せめて半分でも
心《マインド》をととのえることにまわせば
自分の外見を使ってやろうとしていることが
もっと楽にできるだろうに。

わたしは以前、人とのつきあいが大きらいで
自分を、まったくの人間ぎらいだとばかり思っていた。
自分のまわりにバリアーを張っているのがいやで
わざと好人物に見せかけておくのも苦手で、不愉快だった。
だが当時は、そういうことをはっきりと自覚していたわけではなかった。
いまでは、集まりのなかで孤立していても気はとがめないし

人がわたしを好きになろうと、きらいになろうと
彼らにまかせておくことができるので
人とのつきあいも苦ではなくなった。

まわりの刺激は、自分しだいで、どんなふうにでも利用できる。
そばに人がいても、それによって、くつろげるかもしれないし
人ごみのなかでも、それによって、やすらぎが得られるかもしれない。

わたしが自分のことを、いちばんよく知ったのは
人との関係のなかで、自分を観察してみたときだ。
ひとりで自分のことを見つめているときも
実際には、そのまえの出会いがもたらしたものを見つめているのだ。

*

なにかに気づくとき
わたしたちは、個々バラバラなものにではなく
それらのあいだの〝つながり〟に気づいているのだ。
わたし自身をふくめてどんなものも、それだけでは存在していない――
そう見えるのは、バラバラな言葉のつくりだす幻想にすぎない。
わたしの存在そのものが
大きな〝つながり〟のなかに織りこまれているのであり
それはどこまでも広がっていく。

*

わたしが通りを歩いていると、ある男がバスを待っていた。
彼がどれくらいそこで待っていたのかわからないが
突然、彼は視線をそらした。
わたしという人間より、ずっと面白いものが見つかったかのようだ。

そしてわたしも、同じように目をそらした。
わたしが見知らぬ人と目を合わさないようにするのは
相手と気まずくなりたくないからだろうか。
それとも、相手に見られたくないから
目をそらすのだろうか。

目を使わないで見る方法なんて、あるのだろうか？
手を使わないでふれる方法なんて、あるのだろうか？
言葉を使わず、時間をかけず
おきまりの挨拶や、やりとりをぬきにして愛する方法なんて、あるのだろうか？
もしそんなうまいやり方があるのなら、すぐにでもやってみたい。

相手のことを悪く思っていると、なにか落ちつかない。
だれかをきらいになると、自分が不愉快に感じる。
だれかが人の悪口を言っているのを聞くと、胸がいたむし

自分もその話にのっていたりすると
心中《しんちゅう》は、おだやかでない。
憎しみをいだいたりすると、まるで罰せられたような気分になる。
しかし、うれしいことに、わたしには別の新しい見方ができるようになった。
自分の信念として、また実際にもそう感じられるのだが
いまのわたしは、他者についてこう思っている——
彼らがそのときどんな気分でいようと（わたしはそれを尊重したいが）
彼らは、わたしと友だちでありたいのだ、と。
わたしが人間だという理由だけで
彼らは、わたしに愛情を感じていたいのだし
わたしにも、彼らにたいする愛情を感じていてほしいのだ。
こころの奥底では、彼らは、わたしに近づきたいのだし
すべての生き物に近づきたいのだ。
このような信念をもっているからといって
なにも相手に打ち明ける必要はなく

ただそれを忘れないようにしていれば、それでいい。

ひとつ、はっきりしてきたことがある——
出会いはすべて、すぎ去っていくのだ。
だから、どんなふれあいの機会も、できるだけ生かしてゆきたい。
出会った人とは、すぐにでも仲よくなりたい。
そんなに長くは、一緒にいられないのだから。

わたしが車にのっているとき、車ですれちがう人がいる。
通りを歩いているとき、わたしを追いこしていく人がいる。
店に入ろうとするとき、入れちがいに出ていく人がいる。
ゲイルは、仕事から帰ってきて、ドアをすりぬけていく。
ウィリーは、自分にきた手紙を手にとり、わたしもそうする。
それが大きかろうと小さかろうと
ひとつひとつの出会いのあとには、なにかが残っていく。

わたしも相手から、なにかを感じとれるのだから
彼らもきっと、わたしのことを、なにか感じとってくれているだろう。
わたしの後ろにできる道には、いったいなにが敷《し》きつめられているのか。
この「世界への贈りもの」は、わたしが残していくもののなかで
なによりも貴重なものではないだろうか。

いったいわたしは、どれくらい本気で人のことを愛しているのだろうか？
もしわたしが、人びとから二〇年も三〇年も切り離されていたとしたら
――完全に切り離されていたとしたら――
上の階から聞こえてくるわめき声にも
子どもの泣き叫ぶ声にも
犬のほえる声にも
やかましい音楽にも
喜んで耳を傾けるだろう。
眠りにつくときでも、それらを閉め出そうとはせず

うとうとしながらも、うれしく味わうだろう。

「わたしは自然とひとつだ」——
このような言葉には「人間たちから逃げだしたい」という意味がかくされている。
田舎や森に住むのを愛することが、「自然とひとつになる」ことだというのなら
町や商店街にいることを愛するのは、「人とひとつになる」ということだ。

わたしが本当に人を愛するのは
若いとか、齢《よわい》をへているとか、きれいだとか、カッコいい、といった理由ではなく
ただ人間だからという理由で愛するときだ。
人間がつくったものを
ただ、それをつくったのが人間だから、という理由だけで愛したいものだ——
道路や、電線や、ビルや、車を。
自然を愛するのは簡単だ。
なぜか。

神様が樹々をつくられた、と教えられてきたからだ。
しかし、すべてが神様のつくりものなのだろうか。
芸術、優雅さ、メロディー、美しさ――
これらにはみな、わたしたちの見方がかかわっている。
どうしてわたしにとって、車の騒音は心地よい音楽ではなく
音楽は耳ざわりな騒音でないのだろうか。

*

愛によって、部分は全体とひとつに結ばれる。
愛によって、わたしは世界と結ばれ、わたし自身と結ばれる。
愛こそが、わたしのライフワークなのかもしれない。
愛によって、宇宙は完全なものになる。
冷たさによって、宇宙はバラバラに引き裂かれる。
冷たさによって、わたしは自分自身から引き離され

ほかの人たちからも引き離される。
愛をとおして見れば、すべてはひとつで、ひとつはすべてだ。
たとえば、わたしとわたしの父はひとつの存在だ。
実際、現実はたったひとつ、真実はたったひとつなのではないか。
愛をとおして、すべての人間は
その本質とひとつに結ばれる。

どうしたら愛を手に入れられるのだろう？
じつは、わたしはもうそれを手にしているのだ。
愛の定義集など、手放してしまうべきだ。
愛とは、耳ざわりのいいことを言ったり
愛想よくしたり、善《よ》い行ないを積むことではない。
愛は、愛だ。
愛を追いもとめて努力するのでなく
愛そのものになるのだ。

これまで生きてきて、わたしは愛を複雑なものにしてしまった。
しかし、それはきわめて単純なものだ。
愛しているときに、愛している――それだけのこと。
愛しているとき、わたしは自分自身でいる。

*

貧困や、喪失や、荒廃《こうはい》のなかにも、なんらかの美がある。
苦難のなかにも、なんらかの強さと威厳《いげん》がある。
絵を描くとき、灰色の世界、嵐、廃虚、老いは、力強い題材となる。
ゴミの山を見ても、こころを奪われるときがある。

まわりの世界を、やさしく見つめ
なにか大きな存在に見つめられているときのように、相手を見つめるときわたしはその友になる。
わたしにとって、これ以上の天職はない。

事故、悪、欠点、卑劣《ひれつ》さ、憎しみ――
これらが存在していない、ということではなく
もっと広い見方が存在している、ということだ。
悪は、小さな部分にやどり
完全さは、大きな全体にやどる。
罪とは、自分の近くしか見ないということだ。
わたしは、広い見方のほうを選びとることもできる。
いつもそうする必要はないが
いつだってそれはできる。

*

人間の生みだす理想は汚れを知らない。
それは、天の高みへと舞いあがっていく。
わたしは、それを手にとって、ながめることもできる。
それは本にぴったり収まるし
細い道でも迷わず案内してくれる。
朝になっても、ちゃんとそこにある。
そうした理想には、ゆがんだところがない。

　しかし、この世はまっすぐなものではなく
人間という厄介なしろものが、わたしの道づれなのだ。

　さあ
このぬかるみのなかを
わたしといっしょに歩いてゆこう……

読者のみなさんに

わたしは、この本を楽しんで書きました。しかし、この本には、まだうまく伝えきれていないところがあると感じています。ですから、みなさんに、わたしの心残りな点をお伝えしておこうと思います。

まずはじめに、わたしの言葉はときどき、なにかの定理のように聞こえるでしょうが、自分のものもふくめ、わたしは、明らかに真理に見えるようなものが実際どれくらい役に立つのだろうかと疑っています。真理そのものは、言葉に書きあらわされたものとはちがいます。それでも、これを書いているあいだ、自分が真理を述べているように思えるときが何度かありました。

どこかで耳にしたり、読んだりしたもので、ときどき心によみがえってくる言葉があります。はじめ知ったときには、どういうこともなかったのに、あとになって驚くような力を発揮する言葉もあります。しかし、わたしにとって、いつも同じ価値をもちつづけるような言葉はありません。どの言葉も、それがさし示している現実の影にほかなりません。

つぎに、わたしは自分が書いたことに当てはまらない例を、いまも考えつづけています。実際には、さらに書き足したいものをさがしているだけかもしれませんが、おそらく、その両方なのでしょう。

たとえば、昨夜、わたしはある人に「そんなに個人的に受けとらなくていいんだよ」と言ってしまったのですが、これは、わたしが本書の一七一ページで書いたことと明らかに矛盾しています。そのとき、わたしは、自分にとって矛盾のないような言い方をしてみても、その人には役に立たないと気づいたのです。しかし彼は、この遠回しな非難を受けとめ、そのあとの話のなかで何度か、自嘲《じちょう》ぎみにその言葉をくりかえしていました。そして二人のあいだの会話はひどく抽象的な議論になり、何時間もつづきましたが、彼はその結果にずいぶん満足し、わたしたちはまえよりも仲よくなりました。

三番目の点は、この本のなかで使っている「選ぶ」という言葉についてです。わたしは、自分のなかの否定的な部分ではなく、肯定的な部分から動きだすことを「選ぶ」と言っているのですが、正直に言えば「選択」や「決心」や「意志」というものを、その名前が意味しているとおりに経験しているわけではありません。わたしが「決める」とか「決心する」と言っているとき、それはなにかの出発点とか独自の考えを意味しているのですが、むしろわたしのなかで感じられるのは、「流れ」のようなものであり、それは途切れることなく流れつづけているものなのです。わたしは、ひとつの方向に流れていき、同時に別の方向には流れていきません。この方向性に気づくとき、わたしは自分にたいして「決心がついた」とか「決めた」と言えるのです。

「選ぶ」というのが、実際には自分のなかの一部分を選びだしているだけなら、その決断によって、わたしは分裂し、選ばれなかった部分は脇へ押しやられてしまうでしょう。しかし、わたしが人生のなかで見てきたのは、わたしの気づきがしだいに深まってゆき、それが自分の中心に近づいてゆくにつれて、自分がひとつの存在になっていく、ということです。

わたしの気づきが深まってゆくと、わたしの行動は肯定的で積極的なものになってきます。「気づき」が深まると、「肯定性・積極性」が高まります——これらふたつのことが、ひとつのこととして経験されるのです。「選ぶ」という言葉を使うと、それらふたつが別々のことのように感じられ、そのため「意志」というものが、実際よりも大事なものに思えてしまうのです。

四番目の点として、わたしのまえには、つぎつぎと「より高い真理」が立ちあらわれてくるので、とてもこの本を「完成できた」という実感がもてません。たとえば、わたしは、自分の感情を受け入れる大切さについて述べ、マイナスの感情がわいても自分を非難しないように、と述べたのですが、いまでは、どんな感情でも、その意味に気づくなら、すべて役に立つのではないか、と思っています。信頼のおける直観のように、悲しみや、心配、疑い、苦しみは、しばしば、わたしの心を整理してくれます。またこの本のなかでは、わたしが退屈に感じるとき、どのようにして行動の選択の幅が広がるのか、という点について述べてあります(三八ページ)。最近になって、倦怠感《けんたい》も、大切にあつかえば、味わいぶかい感覚になることがわかってきました。

何週間かまえ、わたしはある人への復讐《ふくしゅう》心を存分に味わったおかげで、思いやりの気持ちに気づくことができました。それは、こんなふうでした。ある人から、散々《さんざん》にけなされて、復讐心にかられた空想がわきおこってきました。わたしは、それを受け入れようとしましたが、逆にいきづまってしまい、よい展開など起こりそうにありませんでした。それから、たんに空想を受け入れる以上のことをしてみようと、思いたちました。わたしは空想のおもむくままにしてみました。それを楽しんでみることにし、もっとふくらませ、もっと凶暴なものにしてみました。すると、驚くべきことが起こりました。これ以上ないくらい暴力的な結末をむかえる空想をつくりだしてみると、突然、その人がまったく別人のように見えてきました。わたしは、彼の側から見るようになったのです。そして、以前にはなかった理解や親しみを、彼に感じました。

わたしにはもう、一般に「愛」と呼ばれているものがこの世でいちばんすばらしいものなのかどうか確信がもてません。わたし自身や、わたしの気持ちを受けとる相手にとって、愛が怒りよりもいいものなのかどうか、よくわかりません。相手からむけられる怒りを、防ぐのではなく受け入れてみると、それは忘れがたい教訓を残してくれます。このような機会を、ことさら「愛」にとってかえる必要はないと思います。相手のなかで起こっていることを信じるほうが、あれこれ分別をはたらかすよりも、ためになるでしょう。

もし善があるとすれば、わたしはまずそれを自分のなかに見いだし、つぎにそれをそのまま生きてみなくてはなりません。それ以上なにかを信じる必要はありません。信じることならわたしはもうすでに十分行なってきましたし、いま必要なのは、こころ《ハート》にいだいているものを、すすんで行動に移してゆくことです。

自分の感情をすべてありのままに認め、ただ受け入れるだけでなく、それらを自分にとっての正直なバロメーターとする——まだそこまでの確信はもてていないのですが、もしこれが正しいとすれば、わたしは、この本の多くの部分を書き直さなくてはなりません。そうすれば、もちろんわたしは現在の地点にとどまっていませんし、自分の見方が変わるにつれ、助けになる考え方も変わってきます。しかし、考えというのは、それが有効なかぎり使ってみて、役目を果たしおえたときには、きっぱりと手放してしまえばいいのです。思想や本、ときには偉大な宗教や特定の人物から、わたしはより広い視野を手に入れますが、やがてホームシックにかかったような気持ちになり、そこを立ち去るときがきたことに気づきます。わたしは、それらをたずさえてはいきますが、もはやその言葉にしばられることはありません。

五番目の点として申しあげておきたいのは、わたしは自分がいまかかえている〝問題〟について気づいたことを、この本のなかに書きあらわしている、ということです。これを書いているときのわたしは、学びつつ、何者かになり、どこかへたどりつこうとする状態にあり、もう答えを知っていて、目的地にたどりついてしまった状態にはありません。

わたしが他者とのやりとりについて書くのは、人と話すのが苦手だと思っているからです。性の欲望について書くのは、それにどうかかわるかを学んでいる最中だからです。したがって、ここで書いたものが不完全で、ぎこちないのは、避けがたいことです。それは、いわばわたしが「知ろうとした」努力のあとであり、できあがった知識ではありません。

わたしは、ときどき「いちばん」とか「もっとも」といった言い回しを使って、新しい発見を自分の頭に刻みつけようとしていますが、それはちょうど子どもが自分の頭をたたいて、「ここにちゃんと入れておかなくちゃ」と言っているようなものです。また、ときどき一般論をふりかざしているところもあります。それは、自分にとっての「真理」の勢力圏を広げたり、みなさんを納得させたかったからです――わたしの真理を、みなさんにも受け入れてもらい、それによって、自分が大きくなったような幻想をもちたかったのだと思います。

わたしにとって書くことは、議論をするのと同じような役目をしてくれます――そうすることで、自分の考えがさまざまな試練にもちこたえられるかどうかを調べているのです。しかし、ときにはそれにとどまらず、その考えを実際に試してみて、こころのやすらぎを見いだしてほしいと、みなさんにも呼びかけています。

最後に言いたいのは、この本を理解していただくために、いちばん大切なことです。いつも自分に正直であろうとし、「本物の人間であろうとする」と、それが新手の宗教や、自己正当化や、完璧主義や、ひねくれた気取り屋のようになってしまうときがあります。

最近、ある人に反論したとき、わたしはそれを実感しました。というのもそのとき、わたしには、その人のいう真理が外側の権威によって押しつけられたものにしか見えず、どんな真理も内側から生まれるものだとわかったつもりになっていたからです。実際には、わたしはその人にむかってこう叫んでいたにすぎません――「ぼくに、よけいな口だしはしないでくれ」とか、「受け入れるということの価値を信じられない君のことなんか、絶対受け入れてやらないからな」と。

また、自分の言動にいちいち気をくばり、「本物の人間になろうと」ひどく気にしている自分を見るにつけ、自分が正直さというものをとりちがえているように感じます。そうしているときのわたしは、たんに新しい役を演じているにすぎません――「本物の人間」という役を。本物の人間であろうとするとき、そこになんらかの計算が入り込む余地などありません。また自分が相手にどう見えるかなど、気にする必要もありません。

本物の人間とは、努力してなれるようなものではなく、むしろいろんなものを手放していくなかであらわれてくるものです。実際のところ、わたしがわたし自身にならなくてはならない、ということではないのです――ときには、そういう思いにかられることもありますが。わたしはすでに、わたしなのです。わたしにとって、もっとも簡単でありながら、もっとも難しいのは、このことです。

ヒュー・プレイサー
一九七〇年　七月
チャーマ、ニューメキシコ

訳者あとがき

木の葉が表紙にデザインされたこの白い本(本書の原書)とは、いろんな場所で出会ってきました。はじめ京都百万遍《ひゃくまんべん》の古書店でバンタム社のペーパーバック版を見つけ、その後インドを旅していたとき、ある町のブックストアで同じものを見かけ、ハリウッドにあるボーディ・ツリー書店では二〇周年記念版を入手し、カナダ、トロントのシーカーズ書店では、リアル・ピープル・プレス社の初版本を手に入れました。おまけに、著者が吹き込んだオーディオ・テープまでもっています。この本を、これほどいろんな所で見かけるのも無理はありません。それは、この本がすでに世界中で五百万部以上も出ている超ベストセラーだからです。

五百万にものぼる読者の多くがこの本に惹《ひ》きつけられたのは、それが簡潔な言葉によって心の内面を驚くほどはっきりと描きだしているからでしょう。この本は、一九七〇年に初版が出てからすでに三〇年以上の時をへていますが、その内容はいまだに古びておらず、現代の名著のひとつだと言ってもいいでしょう。この本はすでに一〇ヵ国以上で翻訳されて読まれているそうですが、日本でも一九七九年に『ぼく自身のノオト』（北山修訳、人文書院）というタイトルで、本書の（一九七六年版からの）翻訳が一度出ています。

著者のヒュー・プレイサーは、いまでは文筆家として名をなし、数多くの本を書いていますが、彼を一躍有名にしたこの処女作を出したころは、まったくの無名で、三〇歳を少し越えたところでした。この本の出版にいたる経緯や、その後の活動については、本書の冒頭におかれた「二〇周年記念版への序文」のなかでふれられていますが、これはもともと、プレイサーが書きとめていた日記から抜粋してつくられたものです。そのためか、この本のオリジナル・タイトルは『わたし自身へのノート〔覚え書き〕』（*Notes to Myself*）となっています。

この「ノート」はまったく個人的な記録ですが、彼が一九六〇年代後半に、一時的にでもカリフォルニア大学バークレー校の近くに住んでいたということは、それなりに大きな意味をもっていたと思います。この時期、アメリカ西海岸の若者たちはみずからのアイデンティティをもとめて、さまざまな探求をはじめていましたが、そのひとつの中心地であったバークレー界隈にいたことで、プレイサーもいろんな刺激を受けていたものと思われます。この意味で本書は、当時の若者の内なる声をいまに伝えているものともいえるでしょう。

外部の権威にたよることなく、自己にひとり向かいあって、それを見つめていくという作業は、この本のなかにはっきりとあらわれているだけでなく、六〇年代以降さまざまなかたちで発展をみたサイコセラピーのあり方も示しています。興味ぶかいことに、この本の初版を出したリアル・ピープル・プレス社は、(本書の基調にもなっている)「いま・ここ」の大切さを強調してゲシュタルト・セラピーを生みだしたフリッツ・パールズの本を出していたところです。そういえば、当時そのパールズが活動の拠点としたエサレン研究所も、サンフランシスコを南にくだったところにあります。

プレイサーがこの本をカール・ロジャーズに捧げているのも興味ぶかい点です。ロジャーズは、日本でもよく知られた人間性心理学の第一人者であり、クライエント中心(個人中心)のカウンセリングの生みの親です。非常に単純化して言えば、ロジャーズは、わたしたちが頭でつくりだす自己イメージにとらわれるのではなく、からだの芯《しん》で感じられる深い感情に一致して生きることの大切さを説いていました。この本のなかでプレイサーは、それを自分の言葉にして、自分の問題として語っています。なおプレイサーが謝辞のところであげているロジャーズの『ひとりの〝人間〟になることについて』(*On Becoming a Person*)の邦訳は、岩崎学術出版社の全集のなかに分散して収められています(とくに『人間関係論』『人間論』)。これまでロジャーズの心理学に親しんでこられた方にとっても、本書は興味ぶかい一冊になるのではないでしょうか。

わたしの手元にある二〇周年版には、この本に寄せられた著名人からの賛辞が三ページにわたって並んでいますが、そのなかから一、二拾いだしてみると、日本でも有名な自己啓発書の著者ウェイン・W・ダイアーは「ヒュー・プレイサーの言葉は、人間のスピリチュアルな自己変容について語っている」と言っていますし、トランスパーソナル心理学を代表するフランシス・ヴォーンも「この本のすばらしさは、それが基本的な気づきを導くことにある」と言っています。これらの発言にもあるように、プレイサーが語ることには、思考や感情といった心理学的レベルをこえたスピリチュアルな深みも見られます。とくに「気づき」について語るときの彼は、「気づき」の思想家クリシュナムルティの話をどこかで聞いていたのではないかと思われるくらいです。

ヒュー・プレイサーは、この本のあとを受けて、いろいろな本を出しています。そのうちのいくつかは、本書と同じような日記形式の作品です。こうしたスタイルを評してでしょうか、「ニューヨークタイムズ」紙は、彼のことを「アメリカが生んだカリール・ジブラン」と呼んでいます。『預言者』(邦訳、至光社)で名高いレバノン生まれの作家ジブランは、深いスピリチュアリティをたたえた香り高い文章のなかに、人生と存在の神秘を謳《うた》いあげた天才ですが、プレイサーはそれに比すると言われているわけです。

また彼は、内省的な日記シリーズとはべつに、ほかにももっと実用的な人生の処方箋《しょほうせん》のような本も出しています。そのうちのいくつかは、パートナーのゲイルとの共著になっています。これらは、二人がカウンセリングや、グループワークショップの仕事をつづけ、人間関係や人生上の問題に深くかかわるなかから生まれてきたものです。このうち日本では、『終わらない愛』(邦訳、春秋社)が出ています。このほかにも、『癒しのメッセージ』(邦訳、春秋社)には、彼のエッセイ「ヒーリングとはなにか」が、『私にとって神とは何か』(邦訳、たま出版)には「家に向かう」がそれぞれ収められていいます。なお彼らはいまアリゾナ州のツーソンに住み、文筆やカウンセリング以外にも、教会の牧師の仕事を行なっています。

ところで、本書を読めばわかりますが、プレイサーは、どこまでも自分をごまかすことなく自己を見つめ、そこで気づいたことを、いっさいの虚飾《きょしょく》を排《はい》して書きとめようとしています。ふつうわたしたちは、他人のことなら何でもよく気づくのに、いざ自分のこととなると、とたんに無自覚になり、いろいろな「ごまかし」をつくりだします。自分を知るというのは、本当に難しいことです。それゆえ昔から世界中の偉大な英知の伝統のなかで、「自分を知る」ことがその中心的なレッスンにされてきたのでしょう。それをプレイサーは、ほとんど独力で試みています。

プレイサーも「わたしは、あなたといっしょに歩む」と言っているように、この本は、わたしたちが自分自身を見つめなおすのを助けてくれる旅の道づれのようなものです。彼はまた、個人に徹することが普遍的な見方につうじるという考えを述べていますが、たしかに本書にあるのは、どこまでも彼の個人的な言葉であるにもかかわらず、わたしたちの心のなかにズシリと響いてきます。

この本を読みすすめていくうちに、わたしたちは思わず自分自身を見つめなおしてしまいます。ひとつひとつの言葉が深い内容をひめていて、それをじっくり自分のなかで響かせると、深いところで気づきが生まれてきます。これが、この本の大きな価値なのでしょう。それは、自分のためのセルフカウンセリングになります。自分の心のうちを深く見つめることができるとき、わたしたちのかかえる問題の多くは、おのずと消えていくはずです。あるいは読者の方々が自分で、こんなノートをつづってみるのもいいかもしれません。日本はいまや癒しの時代に入り、書店には心理学や精神世界の本があふれていますが、いま一度、自分さがしのガイドとして、このような名著がじっくり読まれることを期待します。

最後に、今回の翻訳について少しふれておきます。プレイサーは、版が変わるたびに、この本に手を加えていますが、今回の翻訳は一九九〇年に出た二〇周年記念版から行なっています。旧版にたいして、語句の入れ換え、文章や節の追加など、数にすれば実際かなりの変更がなされています。

一九九五年にこの仕事をはじめたとき、多忙だったこともあり、大半の部分の下訳を、友人の桜井

（現在ミラー）みどりさんにお願いしました。ここに感謝します。訳文についてですが、もともとプレイサーの文は非常に凝縮されていて、けっして日本語になりやすいものではありません。そこで思いきった意訳もとり入れ、北山修氏による旧版の訳も参考にさせていただきながら、なるべく日本語として読みやすいものになるように試みました。なお訳語について一言ふれておくと、本書のなかでは**mind**の訳語として「心」を、**heart**の訳語として「こころ」をあてました。そのさい「心」はおもに思考のはたらきを、「こころ」は深い感情の源を、それぞれ意味しています。

この本の仕事を引き受けてから、わたしの四年間の海外生活をはさんだため、出版予定が大幅に延びてしまい、読者のみなさんと日本教文社の方々にご迷惑をおかけすることになりました。この間、忍耐づよく待っていただくとともに、ゆきとどいた編集の仕事をしてくださった田中晴夫氏に深く感謝しています。

この本がみなさんのハートにとどくことを祈念しつつ。

二〇〇一年一月

中川　吉晴

◎訳者紹介——**中川吉晴**（なかがわ・よしはる）＝一九五九年倉敷生まれ。トロント大学大学院オンタリオ教育研究所博士課程修了、哲学博士（Ph.D.）。二〇〇一年四月から、新設の立命館大学大学院応用人間科学研究科および同文学部教育人間学専攻助教授。専門は、臨床教育学、ホリスティック教育。

著書——*Education for Awakening: An Eastern Approach to Holistic Education*, The Foundation for Educational Renewal刊（USA）

共著書——『ホリスティック教育入門』『実践ホリスティック教育』（ともに柏樹社）ほか

翻訳書——アームストロング『光を放つ子どもたち』（日本教文社）、クリシュナムルティ『瞑想』（ＵＮＩＯ／星雲社）、アリス・ミラー『「子ども」の絵』（現代企画室）、クルツほか『からだは語る』（壮神社）、ルボワイエ『暴力なき出産』（アニマ２００１／星雲社）、ハクスレーほか『未来のママとパパへ。』（ヴォイス）、（以下共訳）ジョン・ミラー『ホリスティック教育』（春秋社）、ミラー『ホリスティックな教師たち』（学研）、ローエン『甦る生命エネルギー』（春秋社）、オダン『水とセクシュアリティ』（青土社）、ウェストフェルト『アレクサンダーとわたし』（壮神社）ほか。

わたしの知《し》らないわたしへ

自分《じぶん》を生《い》きるためのノート

初版発行——平成一三年二月一五日

著者——ヒュー・プレイサー

訳者——中川吉晴（なかがわ・よしはる）

©Yoshiharu Nakagawa, 2001〈検印省略〉

発行者——岸　重人

発行所——株式会社日本教文社

東京都港区赤坂九—六—四四　〒一〇七—八六七四

電話　〇三（三四〇一）九一一一（代表）

〇三（三四〇一）九一一四（編集）

FAX　〇三（三四〇一）九一一八（編集）

〇三（三四〇一）九一三九（営業）

振替＝〇〇一四〇—四—五五五一九

印刷・製本——株式会社　シナノ

装幀——清水良洋

●日本教文社のホームページ　http://www.kyobunsha.co.jp/

NOTES TO MYSELF
by Hugh Prather

Copyright©1970 by Real People Press
Japanese translation rights arranged with
Bantam Books, a division of
Bantam Doubleday Dell Publishing Group, Inc.
through Japan UNI Agency, Inc., Tokyo.

Ⓡ〈日本複写権センター委託出版物〉
本書の全部または一部を無断で複写複製（コピー）することは著作権法上での例外を除き、禁じられています。本書からの複写を希望される場合は、日本複写権センター（03-3401-2382）にご連絡ください。

乱丁本・落丁本はお取替えします。定価はカバーに表示してあります。

ISBN4-531-08128-5　Printed in Japan

日本教文社刊

さわやかに暮らそう

谷口清超著

●心美しく、もっと魅力的な女性になりたい人に贈る、おしゃれでコンパクトな短篇集。日々をさわやかに暮らすためのヒントを示す。　定価600円〒180

人生でいちばんの贈りもの

生きる力を伸ばす心のレッスン

アンドレ・オー著
新田均訳

●どんな困難の中でも、人生を健やかに、幸せに生き抜く智慧が私たちには宿っている。心理療法家が静かに語る、愛にみちた癒しの書。　定価1427円〒310

愛とゆるしの心理学

罪の意識を解放する人生のレッスン

ジョーン・ボリセンコ著
中塚啓子訳

●私たちはすでに「許されて」いる――無意識の罪悪感・恥・無力感を癒し、人生を生き直す力をもたらす、スピリチュアルな心理療法の書。　定価2243円〒310

男女のスピリチュアルな旅

魂を育てる愛のパートナーシップ

ジョン・ウェルウッド著
島田啓介訳

●恋愛や結婚は愛のゴールなのではなく、男女の魂を磨き合い育て合う旅の始まり。名セラピストの革新的な恋愛論。全米ベストセラー。　定価1960円〒310

男女の魂の心理学

ふたりの魂を目覚めさせる愛の旅

ジョン・ウェルウッド著
島田啓介訳

●カップルの心は、お互いの真実を映し出す鏡――男女の魂の宇宙を解きあかし、聖なるパートナーシップに目覚めさせる新しい愛の心理学。　定価1850円〒310

好評発売中

デイビッド・シュパングラー著／山川紘矢・亜希子訳

人はなぜ生まれたか

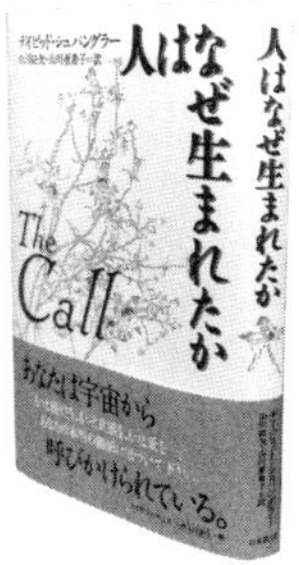

● たえず宇宙は、あなたに呼びかけている。『もっとやさしさを、もっと慈しみを、もっと愛を……』と。そのささやきに、そして自分自身の本当の価値に気づいた時、人はもっとやさしくなれる。
目に見えないものの存在、その意志を、著者の霊的体験を交えて語り、わたしたちが忘れていた『愛』をとりもどし、生きることの原点に帰らせてくれる本。『聖なる予言』のR・レッドフィールドに大きなインスピレーションを与えた名著。

定価1280円〒310

各定価・送料（5%税込）は、平成13年2月1日現在の価格です。品切れの際はご容赦ください。